The fragile scenes
A private diary written by a female chief-editor of CCTV

现场易碎
一位央视女主编的私人手记

马宁 著

人民日报出版社

图书在版编目（CIP）数据

现场易碎：一位央视女主编的私人手记 / 马宁著.
-- 北京：人民日报出版社，2011.1
ISBN 978-7-5115-0269-8

Ⅰ.①现… Ⅱ.①马… Ⅲ.①随笔－作品集－中国－当代 Ⅳ.① I267.1

中国版本图书馆 CIP 数据核字（2010）第 260074 号

书　　名：现场易碎——一位央视女主编的私人手记
作　　者：马　宁

出 版 人：董　伟
责任编辑：田玉香　廖祎蕾
封面设计：阿　荣

出版发行：人民日报出版社
社　　址：北京市朝阳区金台西路 2 号
邮政编码：100733
发行热线：（010）65369527　65369512　65369509　65369510
邮购热线：（010）65369530
编辑热线：（010）65369519
网　　址：www.peopledailypress.com
经　　销：新华书店
印　　刷：环球印刷（北京）有限公司

开　　本：787×1092　　1/16
字　　数：100 千字
印　　张：12.50
印　　次：2011 年 2 月第 1 版　　2011 年 2 月第 1 次印刷

书　　号：ISBN 978-7-5115-0269-8
定　　价：30.00 元

目录 CONTENTS

现场易碎　　　　　　　　　　// 001
没有理由不对她的人生着迷　　// 005
泪水简直销魂　　　　　　　　// 009
诡异的视觉盛宴　　　　　　　// 012
生死才是最大世面　　　　　　// 015
为 60 年代服务　　　　　　　 // 021
自由定义的诗意　　　　　　　// 028
直视骄阳　　　　　　　　　　// 033
五福最无常　　　　　　　　　// 038
幽默不在后院　　　　　　　　// 043
有质地的灵魂　　　　　　　　// 046
焦虑是一种生产力　　　　　　// 051
把节目做成节日　　　　　　　// 057
达人是怎样炼成的　　　　　　// 062
昂贵的战争　　　　　　　　　// 067
那一点致命的戏剧感　　　　　// 070
黑夜是白天的眼睛　　　　　　// 075
真相是用来相信的　　　　　　// 078
记住的都是真理　　　　　　　// 085
让人忧伤的是什么　　　　　　// 088
散落在候播厅的青春　　　　　// 092
被镜头偷窥的童年　　　　　　// 096

目 录 CONTENTS

在懂得的年龄恰好懂得	// 100
素颜底色	// 104
给你点颜色看看	// 107
总有一种力量会造成现场	// 112
大师与小四	// 118
80后的革命	// 122
最好的年华	// 126
以自己的方式表达	// 130
上流心态	// 137
君子藏器于身	// 139
对岸观灯火	// 145
活色生香进行时	// 149
理想的早晨	// 156
中年是戴着氧气罩呼吸	// 159
在冰与火之间切换	// 162
带着耳环思考	// 165
被梦想追杀	// 169
将日子过成段子	// 174
非常有型	// 178
我们错过了什么	// 182
跋：一人一世界	// 190

序

虽然如今管女生叫"美女",有点像七十年代叫"同志"、八十年代叫"师傅",基本上成为一个与相貌关联不大的通行尊称,但我得实事求是地说,马宁是个真正的美女,让人惊艳的那种。

最近一次见马宁,是在零下二度的瑟瑟寒风里。我看见她超模一样纤细高挑的身材裹在鲜红的大衣里,白色宽框大太阳镜配着白皮超大手袋,直发飞扬,流光溢彩呼啸而至,我双手抄在羽绒大衣口袋里,歪着头盯着她玉腿上的丝袜,心想:太提神了!

冷吗?她说冷啊!那怎么办呢?办公室里放个电取暖器"小太阳"呗,楼管当安全隐患要给没收了,马宁忽闪着她那双魅惑的大眼睛跟人家说这是电风扇!结果,被致幻了的楼管还真把这寒冬里的电风扇给放过了。

据说宁妈在一对姐妹花还是花骨朵的时候就教育她们:"先把模样长好了,再努力学习,咱们就可以才貌双全了。"马宁按照这个目标,从上小学第一天就双手背后,纹丝不动坐了一整天,老师金手指一点:"你,就班长啦!"结果,从小学一年级到大学毕业,马宁风雨无阻当了悠悠十六载的班长。

但是才貌双全的马宁有一条与宁爸最初的期待不符,当初给一对如花女儿取名"宁"和"静"的宁爸估计是有过些温婉娴妩幻想的,可是自从马宁很争气地当上了终身制班长以后,就在爱说话这条路上一发不可收拾地成长下去,直到长成为一个以说话为职业的大学老师和中国最知名电视谈话节目的主编。

刚当大学老师的时候,曾经有过满满当当一堂课知识点全讲完还富裕二十分钟的状况,马宁委屈地跟教务处解释:"没办法,我语速快。"

王峥和急火火的马宁,两个高挑儿美女撑住了《艺术人生》那片风雨彩虹的半壁天空,一撑就是十年。我和《艺术人生》一路走了也将近十年,前几年在幕后策划,后几年被推上台前说话,我和马宁说:"祝贺你们成功地把编导的压力转嫁给了嘉宾。"

善解人意是美女马宁另一大优点。我们这些无怨无悔跟了《艺术人生》十年的非在编人员,很大程度是被马宁抓住了软肋,台前幕后,指哪儿打哪儿,招之即来,来之能战!

马宁打电话:"亲爱的,咱俩假公济私小咖啡一下啊?"我一定就乐颠颠地去了。

除了吃喝,居然还有一次马宁说:"亲爱的,咱做身儿漂亮衣裳啊?要拍外景啦!"

那是2008年清明节,栏目组确定的方式是慎终追远,从泰山脚下一路寻访古圣先贤的心灵轨迹,"会当凌绝顶,一览众山小"。马宁带着服装设计师忙前忙后,给我量身订做了一件浅湖蓝色衣裳,据说衬在一片早春青山之中格外灵动。

虽然"春寒料峭"是个熟悉的词,可从小在"春捂秋冻"的古训里把春寒都捂过去了。这一天,紧身小袄滑溜溜的绸衫里紧贴着光溜溜的胳膊,让我刻骨铭心地体会到了"天寒翠袖薄"的诗意。

落座荫荫汉柏院,说完浩荡长风司马迁,再面对南天门,追踪庄子"独与天地精神共往来",终于到了摩崖石刻,轮到"笔落惊风雨,诗成泣鬼神"的李太白。

彼时下午四点,全身气量已经融进泰山的云雾山岚,朱军潇洒地举起桌上52度的"五岳至尊"白酒:"干了!"我扫视一下已经亮起红灯的的三台摄像机,一仰头,干了。

余光中先生《梦李白》称:"酒入豪肠,三分啸成了剑气,余下七分,酝一般了月光",那一瞬间,我觉得喝下的白酒十分都化成了热量!

"人生飘忽百年内,且须酣畅万古情",又一杯酒下去,羽化登仙,泰山飞旋,陡然间豪情干云,只觉得李白在我心里的诗汹涌澎湃,奔腾而出。那时候我真是理解了李白为什么敢"天子呼来不上船,自言臣是酒中仙",喝到这个份儿上,话和酒都是收不住的,尽管话说得比不喝酒的时候都明白,但心里确乎不太明白了。

关于这场诗酒流连最后记忆是朱军压着嗓子狠狠地说:"妹子!太阳快落山了,结尾还没录呢!"然后依稀记得美女马宁出现了,一手举着浓茶,一手端盘切好的水果,追着我不停劝:"亲爱的,喝茶!亲爱的,吃点儿水果!"而我在他们临时给我开的山顶酒店里,不知从哪儿拽出杆如椽巨笔,比比划划,直到他们赶在落日之前把我拉到探海石前,貌似清醒地录完了结尾。

关于做这件美丽"冻"人的衣裳,我估计马宁肠子都悔青了,此后三年,我再也没有在《艺术人生》外景地挨过冻,只有一次比一次晒得慌,至于35度高温中,对着毒辣烈日说明月的故事,参见马宁书中正文。

认识马宁十年来,终于有机会为她写点什么的时候,我也很想卯足了劲儿写写她的敬业爱岗,辛苦劳顿,在马宁精彩的职业生涯中,劳模故事足够我再专门为她写本书了。可是我知道和《艺术人生》走过十年的真正理由,是因为马宁、王峥、朱军这些好朋友的爱和快乐、信任和期许,这些大过于工作的意义。我心中的马宁永远是流光溢彩的,只要让她睡足了觉,不吃饭都行,细胳膊长腿,气象万千,接不完的电话,改不完的日程,忙不完的人生。就是眼花缭乱的公务间隙里,马宁还总能拥着一杯热咖啡,娓娓道几句她穿行而过的美丽感动和爱情……所以,我宁愿认为:那个美不胜收、语速超快、欢乐与烦恼瞬息万变的马宁更真实,真实胜过《艺术人生》十年一贯的劳动标兵。

如果让我给马宁一个描述,我会用"活色生香";如果让我给马宁一个时态,我会选择现在进行时。

美女马宁,琳琅满目,用超快的行动和语速把一切挥舞得叮咚作响,光彩照人,春夏秋冬变幻着她的漂亮衣裳,唯一不变的,是马宁一直在路上。

2010年12月16日于北京

现场易碎

曲终人散时已是午夜时分,灯光熄灭时,抢着合影拍照的观众遗憾的悻悻走远,场工以最迅捷的速度拆卸舞台。回眸的瞬间,现场已成"废墟",那种拆解景片的场景有时会让人浮想联翩。人走之后,繁华就像没有发生过一样,互赠的礼物和鲜花堆砌在一边,无人问津。

此时,有人会怅然若失,但此时,却是我最喜欢的时刻,并非因为结束之后的放松,而是有亲手打碎一个梦境的真实感。候播厅的凌乱充满了人间烟火,盒饭的味道久久不散去,脂粉烟花,拥抱笑颜是一场比节目还精彩的演出。

数日后,如流水一般光滑的节目现场出现在电视屏幕中,与那天的现场恍如隔世,观众看到的是断章取义的片段,他们和我们在惯性中看到的完整其实只是现场真实的碎片,只是过滤现实之后的残渣。

那些逗不乐我的文艺节目,那些五颜六色光怪陆离的画面,那些斗转星移依旧美丽的脸,那些让我们激动不已的情绪,那些填充我们遗憾的瞬间都在时空中消散成碎片,我们在碎片中拼贴自己的回忆,成全着自己的回想。

也许我们应该自己打碎自己,幸亏这是一个易碎的年代,我们可以打碎自己重新拼贴的世界。我们的心容不下一个完整的梦想,只能让那些碎

片填满我们的空虚，一个易碎的年代无法保留一幅容颜的灵魂，但是那些碎片也充满着生命的基因，根植在另外一个完整的躯体中继续生长。

我丝毫不想掩饰自己的欲望和虚荣，因为真实比高尚更加可贵。在一个"被真实"的时代，每个人都像吃自助餐一样，在各种好词与坏词中挑选成一盘丰富的词语，构成自己对自己或他人对自己的评价。20世纪80年代有一个农药来福灵的广告，一排黑色造型的大虫排着队高唱着"我们是害虫，我们是害虫"威武出场，赢得了一片掌声和一段长久的记忆，不光在"省优、部优、国优"中彰显广告创意，更成为一段奇特的表达，大言不惭地承认自己是"害虫"，很真实很可爱。而今，当我们都强调自己是"来福灵"的时候，大家也不过认为你就是农药而已。

世界是圆的，并不扁平，总觉得自己可以我手写我心，为小草的青春而歌唱。之后，我们嚣张的忙碌，挥霍自己的青春和梦想。理想与现实之间的差距困惑着每代人，别人重复的焦虑我直接接受，"存在的就是合理的"、"他人是地狱"、"时时可死，步步求生"是我MSN上三个版本的签名。

毕业十年，还有同学精心的组织聚会，却少人问津。十年又该怎么回溯，只是当年的青春画面早就碎在了岁月某个找不到的角落。

一个个文字碎了，一幅幅画面碎了，一首首歌曲碎了，我们用它们的碎片磨砺自己，划开自己血淋淋的伤疤。有人依旧狠狠地活着，肆无忌惮地表扬自己，张扬得让人叹为观止。有人谨小慎微，如履薄冰，唯恐一个幻影打碎自己的幻梦。那些明星也随之变老，他们在化妆品中飞速地挣扎，我倒敬佩那种老而弥坚的人，他们的妥协成了动人的风景。

美梦醒来是遗憾，噩梦醒来却是一种庆幸，我倒希望给自己一个噩梦，醒来时觉得一切平常就是美好。那些标志了我们记忆的声光映画，文字密码都必然的消失，也许因为我们太平凡了，它们无法因为我们的热爱而永恒，会伴随着我们的成长而消逝，不要怨天尤人怀念，不要愤世嫉俗逃避，人心美好时，一切皆是最好的时光。

我欣赏那些捡起碎片重新开始热爱的人，没有埋怨这个世界留给自己残缺，而是用胸怀容下天荒地老的变迁。人要活出一种节奏来，高尔基说"让暴风雨来得更猛烈些吧"，我们其实都需要一个新的困难来克服。

最近，一切都在改变和调整，所有人都像重生了一般的，仅仅是换了

《艺术人生》十年庆典现场（右三为作者）

站在这里是我的"特权"

一个"死法"都会给人带来希望，这是一个多么容易满足的年代。换一种被折磨的方式就觉得生活还有希望。快乐也许是廉价的，一个笑话，一句插科打诨就可以做得到；快乐也许是昂贵的，十年磨一剑才可以由衷的体会，我乐意将心中想要的碎片，一片片的拼接起来，做成一个山寨版的"梦想"，这个梦想充满着裂纹和拼贴的痕迹，却是真实的写照。

生物学上讲草履虫作为单细胞生物历经沧桑仍旧存在，曾经雄霸星球的恐龙却活在科学家脑子中和高科技幻想片里，一如顽固不化可以长久存在，那些梦幻般的影像却娇柔易碎。红颜易老,英雄不在,我们拿"美人迟暮,英雄末路"当成一种震撼心灵的享受，其实我们就身在其中，我们不是英雄美人，但是我们也"迟暮"，也"末路"，欣然接受，乐享当年，我们都是这个年代的一个碎片，我们都是易碎时代的"帮凶"。

拿电视说人生是件冒险的事情，因为在快时代的脚步中，正是电视帮助世人快速找到浅尝辄止的快乐，点到为止的体验。

当今时代的各种大事习惯了在电视中上演，人物、宗教、文明、战争，一幅幅画面很快被下一场转播碾碎。一人一世界，被打碎的只是乙方的梦想，甲方的愿望依旧活色生香，碎了就碎了吧。

现场易碎

没有理由不对她的人生着迷

女人的宽容是演不出来的,只能被岁月恩赐。宽容的女人也是美丽的,成就她的是命运的神。

蒋雯丽曾经几次来到节目现场,我印象最深的一次,是在影视之家对她进行采访。我问她:"是不是到了中年,人就会变宽容了?"她想了想说:"宽容了,也许就不那么在乎了",话语间眼神婆娑,流淌着外人不知晓的心思。

那天是在一个会议室里,满屋子都是机器的线,乱糟糟,只有一个类似照相馆里供照相的那种空地。蒋雯丽坐在中间,安然淡定,说出了如上的这段对于宽容的感言。如此解读宽容,我是头一次听到,并将这句话深深记住。她给这样的一个词加上了新的注解,似乎透露出一股无奈,却最接近宽容的主旨。我不知道得出这样的解释经过怎样的纠结,但一定是时光的历练给予了她这样的一个感悟。那天的蒋雯丽虽然只穿了一件粉色的高领毛衣,但我感觉她穿得如此与众不同。

之后,我们看到了她的电视作品《金婚》,看到了她参与的商业广告和电影作品,或是穿着华丽的衣服在宽敞明亮的厨房里跳舞,或是出现在丈夫导演的作品《立春》中,演绎一个肥胖龅牙却执拗无比的理想女,又或突然华丽转身,导演了自己的处女座《我们天上见》,并在韩国得了奖。

首映礼上，好友那英前来助兴，大大咧咧地夸奖她，她在一边傻笑，笑声嘎嘎的甚是有感染力。热闹的场面掩盖了一个中年女子所经受的不断突破自己的艰难。于是，又想到她的那句话，"宽容就是不那么在乎了"，她似乎做到了不在乎，否则那种中年独有的负累极有可能将一个人的折腾之心灭掉，必须放下一些什么才能拿起新的背包上路。

蒋雯丽三次做客节目都有与众不同的理由：第一次身怀六甲，短发，也是不停地笑，一位热心的观众亲自织了小孩子的衣服送给她；第二次是因为在《立春》中的精彩演绎，与丈夫一同前来；第三次是在《温暖2009》的现场，带着自己的电影作品，选择点亮写着"梦想"的红灯笼。

蒋雯丽给朱军看自己刚刚出生孩子的照片

现场的蒋雯丽总是嘎嘎大笑，让众人甚是羡慕。

宽容有时就是放下，至少是肯放下。面对命运之"命"，不在乎的做法就是不纠结不患得患失，径自去接受它，然后放下它。

秦怡年轻时美得令人绝望，又嫁了同行里又英俊又著名的丈夫。在上海那个风花雪月的时代，女人公开的貌美和才艺既不像旧社会可以直接被贬低，也不可能被罩上艺术家的光环，在新旧观念交替的年代，美丽的女演员只是一个多义词。生子之后，那个天真智障的儿子改写了秦怡的命门，女人一人承担冰火双重的生活：拍戏的时候，是片场的美人名角，回到现实生活，是食堂和医院里的女仆，女人一生，该遭遇的磨难一样未少，秦

经典的拥抱

怡全都坦然接纳。

在节目现场，秦怡的话语很少，句句如温和的白水但却是至理名言。在讲述的最后，问到她的遗憾，秦怡依旧温和如白开水似的解释："也没有什么，就是没有经历过美好的爱情……"她的回答让很多在场的女性观众扼腕痛惜，如此美丽的女人竟然远不如平凡女子生活的幸福和饱满，唯一穿礼服的那天就是自己结婚的日子，只有那天真正的主角才是自己，其余的时日都是被生活所折磨：年轻时奔波如男人，撑起了照顾智障儿子的生活，演出了一个个经典的角色；中年时操劳如壮年男子，辛苦地伺候自己永远也康复不了的儿子；临近暮年，又要以衰老之躯为自己的儿子送终。但回忆起这些，秦怡始终表情淡定，没有掉下一滴委屈的眼泪。这是一种平实的宽容和接纳，若是换了别的女人，将是多么纠结的人生，秦怡就这样原谅了上帝的安排。在《大师课堂》的节目中，上海的80后作家郭敬明在我们的安排下到秦怡家采访，一个传说中的人在一个80后的男孩眼里成为一个传奇，郭敬明说："尽管我见过许多大人物，但是秦怡不一样，走进来的时候，她要求重新换个角度再拍摄一遍，因为'屋子小，那边的光更好一点'"。多么精致而在意的女人，还有她那永远不变白的头发，像染了栗色，在房间里的那束光上闪动着青春的光。

描摹他人的宽容同样需要宽容的心地，否则真怕是以小人之心度君子之腹，作为年轻人，没有理由不对她的人生着迷，也没有理由不对自己提出更高的要求，那就是体味宽容，感悟宽容，以宽容的心行走未来的前路。

泪水简直销魂

泪水曾经是《艺术人生》的符号,但也担待了许多罪名。

演员徐帆的五次落泪,还原了泪水的纯净质地,也顺便洗去了旁观者对泪水的偏见。

第一次哭是因为担心。事后徐帆说,在出场的瞬间,她害怕没有人来到现场,害怕见到稀稀拉拉的现场,听到零落的掌声,但是当她从长长的通道走出的瞬间,观众的热情让她感动,一种被人爱着的感觉油然而升,女人的自信源于自己被深深地爱着。这样的泪水虽然有些多余,但充满了小女人的可爱气息。

第二次哭泣是因为感恩。当年得了肝炎的徐帆在北京无依无靠,人艺同事杨立新的慷慨让徐帆得到了周到的照顾。后来当我在首都机场就此事采访匆匆离京的杨立新的时候,听到的却是一个平淡无奇的表达,因为在他看来,帮助他人实在是本分之举。徐帆感恩的泪水,杨立新平淡的言语,让我感知到了泪水实在是把拆解情感的利器,释放出了美好,还有敬意。

第三次哭泣是因为亲情。当年在武汉话剧团工作的徐帆,考上中戏之后,家里的经济一下子受到了影响。徐帆的妈妈是一个戏曲演员,一个小家碧玉般的女子,为了支持女儿读书,在家和丈夫当了匠人,一起做镜框,将舞台的繁华绣成女儿求学的花销。正是有了这样强大的支持,徐帆才有了

我在徐帆节目的录制现场

我与徐帆合影

今天的成就。看到妈妈的老照片，徐帆潸然泪下。这样的泪水是最值得用特写镜头放大的，在亲情为大的中国人心中，最无私的情感都是源自父母的大爱，这份大爱用再多的泪水也无以承载。

第四次哭泣是因为爱情。与冯小刚七年的恋情一定有着很多的言不由衷，在新书《我把青春献给你》中，冯小刚戏称，当年个性车牌流行的时候，徐帆希望申请一个"FXS"，就是"冯徐氏"的意思，中国古代妻随夫姓是一种忠贞的誓言，而今这种形式的表达仍是一种坚定的信念。冯小刚在《我把青春献给你》又说，四川管女人长得漂亮叫"粉"，有"大粉"、"中粉"、"小粉"之说，冯小刚说徐帆是他的"去污粉"，在看似笑谈的冯氏幽默背后，是夫妻之间彼此托付，互相扶持的真实幸福。现场忽然有个男观众提问："你觉得冯大哥够酷、够帅、够靓吗？"徐帆一边走上舞台一边用坚定的舞台腔说"你冯大哥又酷又帅又靓"，这么张扬夸奖自己的丈夫，幸福可见一斑了。"FXS 冯徐氏"的第四次泪水绝对是从心底流淌出的一条欢乐的小溪，替每一段平实又幸福的婚姻叮咚出和谐动人的旋律。

第五次哭泣是因为幸福。事业与家庭的成功交集，友情、亲情和爱情的相依相伴，生活的五味虽然杂陈，但混合成的却是浓郁得化不开的幸福和满足。于一个女人而言，人生还有什么缺憾？女人总是柔弱的，女人也总是坚强的，徐帆指挥着自己的柔弱与坚强一同融化进自己的泪水中，这泪水流得柔肠百转，又流得荡气回肠。

在特别节目《十年》录制的时候，我们又请到了正在宣传《唐山大地震》的徐帆。录制现场，我们回放了当年节目的片段，本以为是一番玩笑式的回首，却招致了徐帆的第六次泪水。几年过去，辗转腾挪于家和舞台的徐老师漂亮地完成了一个中年女人的华丽转身，驾驭了自己的生活，也驾驭住了周围的一切。也许是百感交急，也许只是随意感叹，这一次的泪水像她的着装一样谦逊，又像她的妆容一般自然，共同映照出她今天丰盈且饱满的人生。

反正，我赢了自己的人生，哭又何妨？

诡异的视觉盛宴

你看恐怖片吗?

假如提问电视人,多半人会告诉你:看,天天看。

什么是恐怖片?

恐怖片就是自己的节目。

在花花绿绿的画面面前,导演并不是享受它的人,而是被这些影像折磨的分不清生活和工作的界限。尤其是梦醒时分,那些虚拟的影像世界会莫名上演一场诡异的"视觉盛宴",就看你如何去消受此道大餐了。

在一个阴云密布、独自在家的午后,昼夜颠倒的生活、不规律的饮食使我迷迷糊糊地歪倒在沙发上。为了策划《王志文》这期节目,我买了王志文的影视作品昏天黑地加班观看,正好到了《黑冰》的大结局,连着看很容易入戏,尤其是当王志文扮演的大毒枭即将原形毕露之前,影像的基调被音乐和画面渲染得极为悬疑和诡异。即将落马的毒枭"王志文"对卧底的"蒋雯丽"说:"我会给你打电话的,"话音刚落,倒数第二集完毕……

窗外忽地一阵邪风呼啸了几声,DVD 自己检索最后一集发出了沙沙的声音,此时我的手机在紧张的氛围内忽然大声作响,是一个陌生的异地号码,接听后话筒处传来了与大毒枭一模一样的声音:"你好啊,我说过我会给你打电话的。"

我发着39度高烧,王志文对我说:"我一定要好好说,对得起节目。"

一瞬间,我被吓得一激灵,差点就把电话仍了,紧张地问道:"你,你到底是谁?"那边的声音略带疑惑和歉意:"我是王志文啊?怎么啦?你是睡觉呢吗?抱歉,吓着你了吧?"

确实是吓着我了,那话筒中真实的声音与电视剧中大毒枭的声音"如出一人",我定了定神,才故作镇静地说:"没事,我正看你的电视剧呢。"

后来将这起"恐怖事件"讲给同事听,他们没心没肺的只是夸赞王志文的演技高超,却没有人同情我被"恐怖袭击"后的"悲惨"遭遇,电视啊,电视,真是吓死人不偿命的职业!

再说王志文,与他的第一次见面是在北京西边一个破旧的小宾馆里面,好像叫"孔雀新巢"。那时,王志文所在的《和你在一起》剧组驻扎在这里。即将面对传说中不好接触的王志文,我有些小心翼翼,甚至充满了一种戒备的心理。到达那里正巧赶上饭点,王志文邀请我一起用餐。印象中那个餐厅的饭菜一般,唯有那罐老火靓汤还有滋有味,王志文一碗一碗的帮我盛汤。三碗汤之后,我的心中已经完全没有了与他之间的隔膜,有的只是两人之间的快乐交流。其实与一个嘉宾了解熟识的过程,和与一个朋友了

解熟识的过程如出一辙,没有什么两样。

后来,录制王志文的节目一波三折,终于还是好事多磨地播出了。播出之后我收到了王志文以及哥哥王志芳的短信,都是非常客气的"谢谢",简单的谢谢却意味很多,因为这期节目虽然不是节目组的经典作品,却是一次和王志文以及哥哥王志芳最有诚意的合作。

当时由于王志文与《芬妮的微笑》节目组之间的官司,王志文的节目在录制后相当长的一段时间未能及时播出,其实这是台里一项由来已久的规定。但是在一些传说中,节目的播出与否被媒体的"大忽悠们"渲染成离奇曲折的故事,大肆宣扬,节目组也会经常接到各种询问与质疑的电话。事过境迁,其实所有的事件似乎都是过眼的云烟,一个坚持诉讼的公民与一个遵守规定的节目组其实仅仅是进行了一次正常而友好的合作,而我们在节目静静地播出后有了一些宽慰,假如在真实的节目中还原了一个真实的人,而没有跟风一样参与炒作,我想我们只是恪守了一个媒体应具有的责任……

由节目衍生出的这份互相之间的诚意与尊重持续了很久。记得节目录制完毕,送王志文离开的时候,我召集了组里年轻导演一干人,为他送行。地点在一家北京很有特色的"禅酷餐厅",餐厅中的一切都有仿效"监狱"的装饰。菜名也千奇百怪,我们点了"活埋"、"扫黄打非"、"死无葬身之地"等菜之后,愉快地吃了一下午。结束的时候,我和统筹赵凡送王志文到机场,一路上笑语连连。快下车的时候,王志文打趣着说:"你们别送了,再往里送我就真该哭了……"

而今,再见到王志文,尽管他的演技越来越好,成为了一线巨星,然而对我们而言,他只是一位曾拥有难忘合作的老朋友。想起他在后台见到观众时瞬间的羞涩表情,想起他在非典时候给节目组的同事发来的药方……是啊,无论演技再好,其实都不如生活中的真实来得美好,我们庆幸是他那个成长时代的观众。

当下《手机》热播,似乎很久没有在电视剧中露面的王志文,又天天出现在我的"面前"了。工作间隙,欣赏着他的精彩表演,忽然又想起几年前的那个"恐怖电话",他也是用手机打给我的吧,呵呵……

生死才是最大世面

在2009年的春晚中,作为节目导演的我得到一分钟,用来描述2008年汶川大地震之后的故事。

那是灾难之后的第一个春节。

我总怕自己的访问会是一种打扰,去唤醒人们那些切实的苦难。我小心翼翼地上路,临走时随身带着20斤巧克力,以便送给那些还在随时玩耍的小朋友,这简单的甜味会带给他们几分钟的欢愉。

在汶川映秀镇,我们住在一家依旧屹立的宾馆里,周围已经全是废墟。这是震中最核心的位置,眼前满是歪斜的楼房,仿佛是摔伤的巨人,还带着一种不屈不挠的傲骨。路上一座盘山大桥被拦腰斩断,拧成麻花倾倒在这里。搭载我们的司机因为死里逃生反而变得侃侃而谈,指着车右上角的一处砸痕说:"也就是几秒钟吧,我狠狠地踩了一脚油门,就活了,否则,死无葬身之地。"言语间不是胆战心寒,而是一种英雄般的乐观,车子行驶中偶尔颠簸一下,司机师傅笑呵呵地说:"刚才那下颠簸大约相当于六级地震吧,一会儿我给你们颠一个八级的",说时,车内时一片笑声。

晚上在板房的一家吃饭,陪着他们过腊八。原以为是打扰,其实,与我们不同的是,他们也许太需要打扰了,无论是怜惜还是帮助,那是一个失去了很多人的地方,他们需要鲜活的人,需要谈话,需要喧嚣,需要有

这是我吃到的最好吃的川菜

人给他们讲外面的美丽。路边一处板房里的饭馆，赫然写着：自救火锅，里面涮的不是悲伤，是生者活着的希望。

给我们做饭的大嫂穿着一件大红色的羽绒服，旁边帮厨的大嫂穿着一件时髦的绿大衣，她们说："都是你们城里的时髦人捐助的，我们挑好看的穿。"于是拉着我进入厨房，厨具样样齐全，简陋的板房厨房在房檐下有一尺宽的缝隙，透过缝隙，远望的山上是一片模糊的废墟。那里就是原来的映秀小学，大嫂说："我闺女12岁，就在那里上学，现在没有了，我天天做饭对着她。"言语间似乎没有什么哀伤，或者她已经可以掩饰得天衣无缝，手中的刀熟练地切着黄瓜，不受丝毫影响，并不像电影中描述的那样会切到手指，然后悲伤得流泪，她们已经不流泪了，已经适应了，倒是我们，变得"大惊小怪"。

汶川的夜晚出奇的寒冷，那家大哥给了我一件军大衣，套在羽绒服的外面，穿上感觉非常沉重，已经有很多年的冬天我没有穿这么多了。在北京，这个季节我甚至还穿裙子。那天的冷让我战栗了许久，厨房的温暖成了慰藉，大嫂一边和我说话，一边随手递我一块熟牛肉或一块豆干。那种腌制的味道真香啊，微微的有点辣。女人们真是神奇，在如此的际遇还烹得出这样的味道，想想城市那些精美的食物，真抵不过这块豆腐干的味道。女人趁煮饭的工夫，熟练地捡了一盘腊肉，给外面帮忙的男人送去，我们摄像的小伙子也有份，一开始还不好意思吃，禁不住大嫂捏起一块就往嘴里塞，小伙子被塞到满嘴香喷喷的腊肉，不好意思地涨红了脸。我捏着豆腐干出来，笑盈盈地咀嚼着，就像是饭前偷吃零嘴的孩子。

晚上放烟花，在城里很多年没有放烟花了，我也有种新鲜感，大嫂通知板房周边的邻居，晚上出来看烟花。我们似乎成了在那里玩耍的远方亲戚，自然的接受这种款待，烟花买了很多，各种各样的，小朋友们拿着那种简单的"滴滴星"在板房的大坝边上追逐玩闹。小伙子们拿着那种粗大的花炮组织大家，争相点燃，整个板房区因为那些竞相点燃的烟花而分外的灿烂。因为板房区没有制高点，我们摄像的小伙子借来一辆推土机，自己站在翻斗里，请司机师傅将翻斗举得高高的，引得孩子们的羡慕，边上的家长嘱咐，只有电视台的叔叔可以上推土机，你们可不能模仿。

烟花在密集的板房中星星点点地绽放，热闹的人群在这里欢乐，我相信，

羌寨的一处板房里

此时的欢愉也许短暂的，却是真实的，没有伪装。

之后，板房里已经摆上了丰盛的川宴，尽管杯盘都是形状各异的拼凑在一起，却挡不住大嫂们的好手艺，香喷喷的味道一直绵延了很远，混杂着外面放花之后的硫磺味，满是人间烟火。

晚上，我们住在镇上唯一健在的宾馆。宾馆的另外一座楼已经没有了，房间里和一般的宾馆无差异，床头多了一张小卡片，上面写着"本宾馆结构已加固，请安心入住。"这样的提示加上刚才的美餐似乎多了一份安全感。

入夜，黑得伸手不见五指，此时你才会体验那些不能入睡人的心思，他们一定盼着天明，一定希望多来些人"打扰"他们，他们不需要静思，静思的内容我们无法分担。我沉沉地睡着了，不知怎么似乎睡了一小会儿就醒来了，半醒间突然觉得床铺的下面似乎有人摇晃了一下，等我完全醒来清醒地回味那瞬间的摇晃时，才忽然一惊，抓过床头的手机，一看，赫然写着 2:28 分。也许是神经大条或是困倦难忍，亦或是当地的工作人员打包票似的保证，我甚至还没有来得及害怕，竟然又睡着了……

第二天早上，新浪头条：汶川 5.1 级余震，是 5•12 以来最大的一次余

汶川的夜只有漆黑和寒冷，但是我们在一起很温暖

震。早晨下楼，工作人员笑盈盈地说："怎么样？昨天晚上没吓到您吧？"我这才恍然大悟，真是地震啊！于是手机被北京的亲朋好友打翻，看见头条，又知我在震中，吓得魂不守舍。我浑然不知呼呼大睡，直到在新闻中才确认，不知是心态太好还是警惕性太差。我问工作人员，"要是真地震了，昨天晚上我是不是就没命了？"他们竟然哈哈大笑，没有直接回答，只是说："也不一定，看命吧，我们把您安排在了四楼，万一八级时，四楼变一楼，也许最安全，你从窗户可以直接到地面。"言语间是那种不经意的幽默，却让我有点钦佩。当远隔千里的人大惊小怪时，经过生死历练的人却豁达了，把科学的、忌讳的、好笑的、悲惨的混在一起说，这也许是幸存者的表达方式。

在这里待了8天，回成都的最后一天还赶上了在安置区的一场婚礼，新人喝交杯酒的杯子就是一次性的纸杯。婚纱很旧，但是挡不住新娘的美丽和周围人的祝贺，我问他们："可以拍下你们的一个镜头放在大年三十的春节联欢晚会上播出吗？"

那新娘宠辱不惊的对我说："谢谢您，我等着看……"

  在2009年春节联欢晚会的黄金时间，来自汶川灾区的代表在直播中与观众见面，其中还有少了一只手臂的可乐男孩。见到明星大腕，他既不腼腆，也不上去合影，在候播间忙碌的人群中，显得那么平静。倒是很多的明星，在候播间看见他，激动地上去合影，伸出大拇指。

  至今，我觉得板房的那顿饭是我吃过的最好吃的川菜，其实那里和我们想象的不一样，生离死别，险象环生，悲伤失去后又加上幸存的喜悦，勾兑出了特殊的味道。坚强勇敢是一种苍白的表达，我们带着救援的使命赶到时，却发现自己如此浅见。我们以为自己悲天悯人，见多识广，其实，生死才是最大的世面，他们见了太多的世面，显得我们多么的无知。

  后来，《唐山大地震》热映，很多人以泪洗面地看完，也有很多人理性地批判电影，也许从电影中我们仅仅是知道了一个道理：有些事情在我们有生之年永远不会过去。一位唐山的朋友说，"你们知道吗？唐山人想得开，不爱攒钱，享受当下，达观。"也许是一种代表吧。

  春晚总策划朱海先生告诉我，在5·18《爱的奉献》汶川电视捐款晚会上，他在洗手间听见企业家张长青打电话给妻子，确认家族企业是否可以在5000万捐款上再协调5000万，他要马上捐出，于是有了直播时临时改数字那感人的一幕，他是唐山人……

  故事远远没有结束，很多人心里真碎得像渣一样，需要几代人的重建，我们隔着时空无法体会，别去怜悯他们，那样显得浅薄。

  最近灾难连连，地震、水灾、泥石流，人心有时会突然慌乱。霍金近来预言地球只有200年了，新闻马上请专家解读，安度人心，科学宇宙的秘密无人可知，还有《2012》电影的出现，用来吓唬或警醒人，这些在民间当成八卦或玩笑解读，有时用来安抚我们，让我们看淡那些在细枝末节中焦虑的小事，悲天悯人的前提是先安度自己的心灵。

  活佛说：你们不相信有来生，所以造次今生。

  李白说：人生得意须尽欢，莫使金樽空对月。

  明星们说：我们活在当下！

  也许我们都是浅薄的，每人的"地球"就是自己的有生之年，一生一世都会经历一次"地球的毁灭"，让我们以自己的方式安度吧……

为 60 年代服务

当我们谈论他们的时候，我们在谈什么？

"60 年代生人"曾经在新世纪最初的几年成了一个时髦的概念，这个特有的名词出现在报刊、杂志以及唱片的封面，似乎充满了一种优越感，也充满了一种"最后的疯狂"，那么多指点江山，激扬文字的内容伴随着身后的"60 年代生人"成为了一种主流。

主流就意味占据着最大的空间，尤其是文化空间。朱军曾经在节目中道出了大实话"其实我经常自豪地给我身边的朋友讲，我说我们60 年代生，从前几年的生力军而今已经转换为了主力军。大家仔细看一下，在我们身边直接管我们的领导，一定是 60 年代的，真的，我们已经转为主力军了，是这个社会的中间力量。"

看热闹的倒是属于 70 年代的我们，正在"不伦不类"地分化着，70 年代生人是典型的"墙头草"，一方面崇拜 60 年代的情怀，那是因为我们确实还听得懂他们的激情，一方面也善待和团结 80 后，80 后的年轻和张扬对我们也有巨大的吸引力，毕竟谁不留恋青春啊？当我们有了话语权的时候，也许就在这种两头摇摆的状态中失去了应有的活力，当我们开始怀

刘欢和小学老师的拥抱

旧的时候,好时光早已在 80 后、90 后梦呓般的歌声中远走高飞了。

听什么歌,看什么书,为什么人鼓掌基本上就是自己年龄的铁证,比 DNA 还准确的印证。60 年代生人最庆幸的就是那些独有的集体记忆,至少在他们内心的深处已经有了一种寄托吧。当我们谈论他们的时候,我们都在谈什么?

《60 年代生人》录制结束后,我请刘欢录制一段独白,那时的他刚刚经历了忙碌、紧张又激动的一天。据说早晨在家重重地崴了脚,险些动弹不了,上午紧急治疗之后,下午就在人群拥挤的北京火车站参加了自己新专辑《60 年代生人》的新闻发布会。发布会一结束,就在唱片公司的"押解"下来到中央电视台参加《艺术人生》的录制。录制的过程中,30 多名小时候的同学、老师变戏法似的突然出现在眼前,3 个小时录制,激动和疲惫仿佛模拟了一个成功中年人生活的全貌,在一天临近结束的激动中,刘欢一瘸一拐地走到摄像机前,面对镜头若有所思地说:"在我们的记忆里,我们回到过去的时候,好像是件挺容易的事,但是真正一下子把很多的过去忽然呈现在自己眼前的时候,我想这样的惊喜是我在节目之前,从来没有感受到过。今天我感受了一下,有这么多小时候的朋友,忽然一下子出现在面前,这是个巨大的惊喜。希望电视机前的朋友们,也有机会体验一下这样的惊喜,因为我们已经到了可以体味这个惊喜的年龄了。"

我站在摄像机旁边,看着他一气呵成地把它说完,旁边的同学们还等着他一起聚会,这注定是一个激动豪饮的不眠之夜。虽然我们的节目已经结束,但是我为自己导演和旁观了一场60年代生人的聚会而欣慰。毕竟,那是一个我没有经过、但是真实存在的时代,是一个不可以复制、会消失在浩瀚银河中的时代,但愿经历过的人都可以让这样的一个细节源远流长吧。

就好像刘欢特意将唱片发布会选择在北京火车站,60年代生人总爱以"集体记忆"的名义展开一场灵魂之旅。

罗大佑的节目是在录制两年后播出的,按照电视媒体的规律几乎是一期黄瓜菜都凉了的节目,但是播出后依旧在网络上被热炒了很久,许多人

大家围着罗大佑熟练地唱《闪亮的日子》

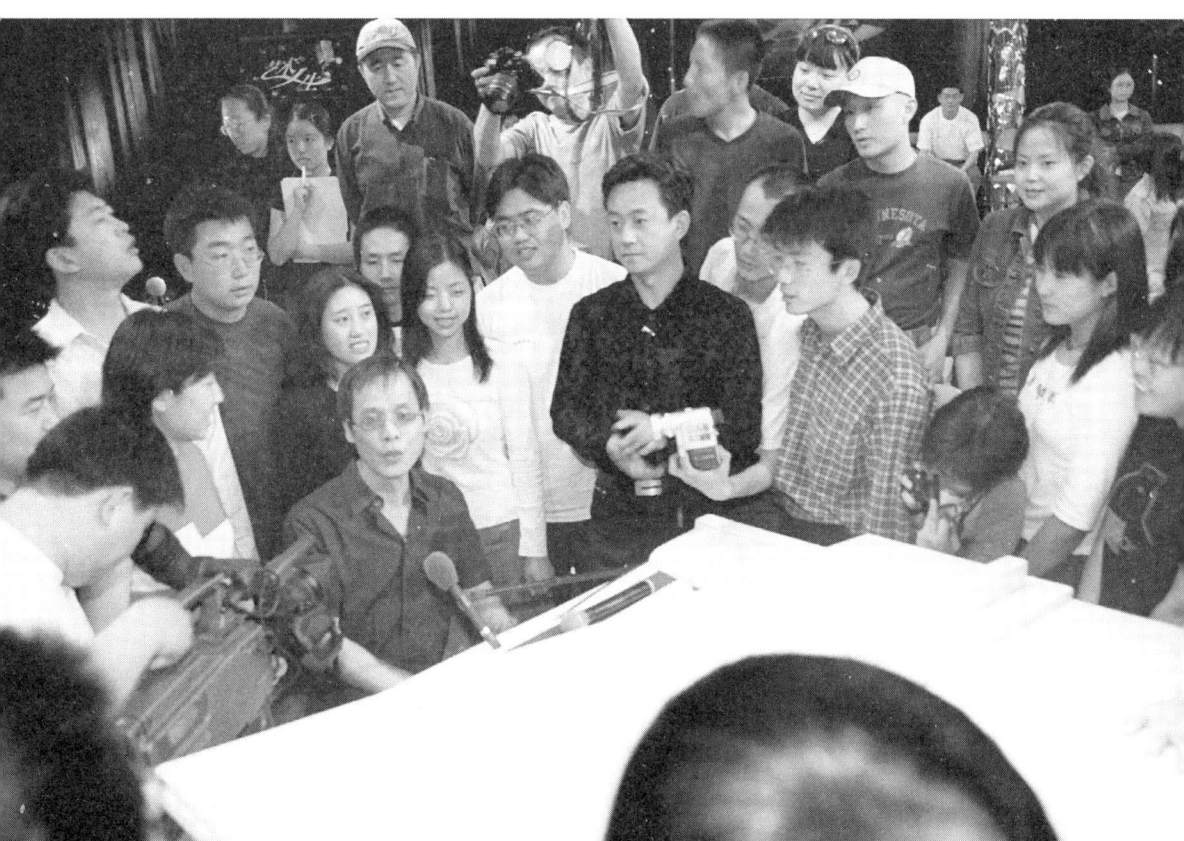

对这期节目表现出了前所未有的激动。他们给我讲述了许多罗大佑歌声中光辉岁月的细节故事，故事中间或有我认识的人，只是我认识他们的时候他们已经不狂热了，我从来没有听过关于他们喜欢什么的事情，看来罗大佑的歌声中不仅仅是有故事还有很多的遗憾和秘密，甚至是"生命中不能承受之轻"……

出现在现场的观众都是罗大佑网站上活跃的人物，这些事业生活正当年的人们来到节目现场想要重温的到底是什么？罗大佑到底又有何神奇的魔力，可以让一些似乎都对公众聚会淡漠的人好像重新回到大学时代一样疯狂？

其间的热烈场面我记得非常清楚。当时中央戏剧学院89级的一干人集体来参加我们的节目，还打出了自己横幅，两年后当我编辑节目的时候，发现有一个胖胖的戴黑边眼镜的人特别的眼熟，一看才知道他是《射雕英雄传》、《铁齿铜牙纪晓岚》的编剧之一——史航。很久以前就被我们拉过来做我们节目的策划，但是我还真不知道他曾经报名成为我们节目的普通观众。事后问起这件事情，他说那时候还年轻，其实也就是几年前嘛，于是我走后门给了他很多的特写镜头。那次坐在台下的几乎都是熟人，他们中有著名乐评人黄燎原，曾经导演《网络时代的爱情》、《菊花茶》的金琛，前现代出版社的总编辑张立宪，他们张口就说我是歌迷，和罗大佑说得没完没了。

来捧场还有成方圆，许巍，音乐人沈黎辉，台下还有很多以个人的名义混进演播室的文化娱乐报刊杂志的撰稿人和记者。我知道他们的参与不带有职业的色彩，平日里娱乐别人的一干人，屈膝地坐在观众席中自得其乐了很久很久。那一天，他们穿着印着《闪亮的日子》歌词的文化衫，罗大佑的每一首歌他们都耳熟能详。就是这样的一大帮人，欢呼雀跃，围着钢琴唱《光阴的故事》，录完了像继续呼朋唤友喝大酒，打一通久久没有联系的电话号码，以前忘了的，那天都想起来了，以前觉得今生不必再见面的，也借"春天的花开秋天的风"壮起了胆。那天中央电视台的演播室弥漫着一股人气，绕梁三日的人气，景片拆了之后的演播室像是在海底发现的几亿年前的城市，留下了犹在昨日的繁华遗迹。

录像就是这样开始和结束的，我在罗大佑专业的网站上看到了自己的照片。说实话,我对罗大佑的音乐只有简单的熟悉和喜欢,少有像他们一干人这般浓烈的情怀,但我乐意为这场聚会当一次"服务员",因为我从心里羡慕他们,羡慕他们共同拥有着如此美好纯粹的"集体记忆"。

然后,节目就放在我的桌子里面长达两年,这其中夹杂着各种关于罗大佑之乎者也的消息,新的专辑的发布,演唱会的前前后后,怪诞、绯闻或传说,罗大佑也出现在各种娱乐的话筒之前,"春天的花开秋天的风"以及"冬天的落阳"依旧是各种编辑的背景音乐,罗大佑蛊惑着人心的声音依旧这样地响着,不敢说,这离永远不远了吧……

节目播出的时候依旧给我带来愉快的编辑过程,但是媒体制作的技术员是82年出生,是第一次知道"春天的花开秋天的风"就叫《光阴的故事》,他说,"这个歌真是挺好听的,就是词太绕了,不好背……"

节目播完,我打电话问张立宪,节目播出的时候有人给你打电话吗?

他说:"有,100多……"

我问:"啊,都谁打的啊?"

"还是我们那拨人。"

喜欢罗大佑最大的缺点是暴露了自己的年龄,60年代生人是大多数,再小的有少年老成的嫌疑,后来的歌手就越来越多,自己喜欢自己的,自己欢呼自己的,互不干扰。记得有一次采访周杰伦,他用含糊的声音说:"我喜欢罗大佑老斯(师)的歌,我也希望自己曾(成)为一个时代的歌叟(手)……"他管罗大佑叫老师,他想成为时代的歌手,真是个有理想的青年!

后来的"纵贯线"横空出世,罗大佑、李宗盛、周华健带着年少老成的张震岳组成了"纵贯线乐队"。有趣的是,像极了刘欢的《60年代生人》发布会选在北京火车站,门票做成火车票的怀旧创意,海峡对面的60年代人也用台北著名的火车纵贯线为名,来抒解一代人共有的火车情节。

幸运的是,这两列由60年代生人驾驶的火车都开进过我们的演播室。

罗大佑比8、9年前温和了很多,已经有些"老艺术家"的风范,主动帮助张罗节目。开场前,"大佑哥"(大家都这样叫,我也随大流儿)悄悄地对我说:"我们几个老家伙没问题,阿岳不太爱说话,一会儿主持人问他,他说不明白的时候,你就告诉主持人,直接把话转给我和华健,我们帮忙",一副又仗义又职业的姿态。很显然,今天的"分拨儿"不是按照嘉宾和主

持人划分的,一代人归根结底是向着自己那代人的。他们知道,那些老歌的背后,那些老旋律勾起的是什么记忆,也非常理性的明晰,60年代的人肯为什么而买单。

时过境迁,"纵贯线"的演出被当成是一个成功的演唱会营销案例,他们带着一代人的依依不舍,见好就收,回归自己应该有的生活原貌,而那些歌迷也都继续为房价、车价或焦灼或叹息。

我们的时代再次消费了那些情怀,之后也少见他们的新闻。节目播出后,静静地躺在播出磁带库里,不知道再次被人重看会是什么时候。但愿在某年某月的某一天,还有一些人可以为一些歌声所"迷惑",如同解码一样分析歌声之暗号,以辨别分属于哪一代的人吧。

年少时,成功是金榜题名,清华北大哈佛的录取通知;青年时,成功是金戈铁马,抱得美人归,车房兼具的志得意满;中年时,是站得高看得远的见识,信手拈来的怡然。正如人生四喜中,"洞房花烛夜,金榜题名时"属

在60年代生人录制现场

于年少,"久旱逢甘露"是中年的第二口气,"他乡遇故知"是人生的况味感,不到时候体会不到。60年代生的人正好可以经历一个全过程,这是他们的幸运事,而70年代的"墙头草"和80后的"无厘头"以及90后的"爱谁谁"是一种片段式的嚣张,不知道,我们是否还可以在知天命的年龄时,出一张唱片,拍一部电影,做一档节目,激起那么高的收视率,得到无尽的掌声,假如有那么一天,就是所谓的"他乡遇故知"吧。

那些拼命装得粉嫩粉嫩,希望自己红得"这样紫啊"的60年代人也是辛苦的,在他们和自己的生理极限较量的年头,90后们像看动画片一样看待他们了。2010年,60年代生人就是几近半百知天命的年龄了。记得2002年,我在上海采访刘德华,请他发表2002年的年度感言,那天他戴着一顶鸭舌帽,穿蓝白相间的T恤,说:"其实人到了一定的年龄,需要的是人们的尊重。"

心甘情愿为60年代服务,可否就是对于他们的最大尊重?

自由定义的诗意

2010年世界杯正酣,要是谢晋导演还在,我相信,那将是他最快乐的时光。

2002年,谢晋导演做客《艺术人生》,我因此有幸在他的带领下造访了他的家乡上虞和母校春晖中学。在他的老宅子里,我看见了那套曾影响他一生的500本《小学生文库》,并把其中的几本带到了演播室现场。

在上海他的工作室采访的时候,谢晋导演井井有条地安排每个人的工作。采访第一天,他特别给我准备了临时的办公桌,请他的秘书协助我一天的工作。就这样,我在谢导演的身边工作了一天,耳畔边不停地响起他如洪钟般的大嗓门。晚上,我和谢导一起下班回家,他的夫人徐大雯阿姨为我们准备了晚餐。在他家,我第一次见到了他的智障儿子阿四,一个头发略带花白的中年人,脸上带着稚嫩单纯的笑,还有一种见到生人的害羞。谢导指着我对阿四说:"阿四,叫阿姨"。言语一出,吓了我一跳。当时我只有20多岁,面对阿四竟然被叫为阿姨,而徐阿姨和谢导却坦然地站在旁边微笑着,就像一对年轻的夫妇向客人介绍自己年幼儿子般骄傲。谢导还补充说:"你别害怕他,他很善良,不会伤害你……",那时,我不知道该怎样形容自己的感受,我木讷笨拙地与阿四在谢导的书房中交流,看着阿四,谢导的眼中一直呈现着一种"慈父般的眼神",与片场、摄影机前的他判若两人……

在谢晋成功的艺术生涯背后,是难以想象的艰难人生。在与夫人徐大雯的四个孩子中,两个儿子智力有严重的缺陷,其中一位已经早逝,唯一的女儿也一直体弱多病,只有长子谢衍继承了导演事业。不幸的是,正值黄金创作年龄的谢衍又身患了肺癌,在得知自己病情进入晚期之后,他的主要工作是操办父亲85岁的相关纪念活动,赶赴各地收集资料,拍摄有关父亲导演艺术生涯的纪录片,推广父亲的传记。遗憾的是,2008年8月谢衍因肺癌晚期英年早逝,享年59岁……

在谢衍的追悼会上,徐大雯阿姨因承受不了打击,突发心脏病住院治疗,这一系列的变故给了85岁高龄的谢晋重大打击。

就在2008年重阳的前夕,我还打电话欲向谢导请教一些问题,家里电话和手机都不接,之后的消息就是他的辞世。一切来得过于突然,对于曾经有过一期节目缘分的晚辈,听到这样的消息,我们如同失去了一位尊敬的家人一般。

5年前与谢导的见面就仿佛发生在昨天。谢导住在梅地亚,录像前我为

陪谢老在梅地亚看球

了"讨好"谢导,请他在梅地亚的上海餐厅吃饭,并陪老人喝花雕酒。因为不习惯花雕的味道,就在酒里加了一粒话梅,这下子"气坏"了谢导,他打趣地说:"太不专业了,太不专业了……",那种孩童般的笑意似乎还在我的耳旁回荡。

在2002年的录制现场,一个中年女性激动地举手发言,她就是当时《女篮5号》里面扮演9号的群众演员。当她看到大屏幕的背景中出现了自己的镜头时,激动地跳了起来,几乎是抢过话筒发言,与谢导相认。谢导看到此景,走下舞台与她握手拥抱,全场响起了雷鸣般的掌声。在回去的车上,谢导给我讲起了这个群众女演员的故事,文革时丈夫被打成右派,经历很大的苦难,最后与自己深爱电影事业擦肩而过,留下了不小的遗憾。而今在暮年相见,成就了节目一个感人至深的情节,其中蕴含的家国之爱、之恨、之憾,怎能细数尽?我们这一代虽然无法体味《天云山传奇》、《芙蓉镇》、《牧马人》的意义,但是有人记录了它,就是功德无量,那是中国人心灵的历史。

为了纪念谢晋导演,我们制作了特别节目。吴天明导演说,谢晋应该"国葬"。其实不需要国葬的仪式,那些情怀,已经"国葬"在一代国民的心中,永远不会被忘记。老朋友翟俊杰在录制纪念专辑结束后,听到有人在后台说"谢导走得时候也算安详,因为没有受到疾病的折磨。"翟俊杰导演却深沉地说:"大爱无声,大悲也无声啊……"

我至今珍藏着一张在梅地亚酒店,我们陪着谢老看球时的照片。就在录制节目的前夕,老人提出了唯一的要求,那就是别让他耽误当天晚上的一场世界杯比赛,害怕我们拒绝,竟然像孩子一起乞求我们的同意……今天若是他还在,世界杯将给他带来多大愉悦啊!

世界杯哨声继续,胜利或失败都被书写成比电影还激情的记忆,没有人记得谢晋这样一个球迷曾经的快乐与遗憾,不知道一代人老矣之后,是否这样的名字只出现在电影史的教材中。新一代的学子们又是以怎样的方式去研读这位大导演哲学一般厚重的作品风格,如何去理解他于时代、家国、个人的苦难中那种高扬起的高贵人性和忠贞爱情,亦或是那些滋养灵魂发育的伟大自由。

谢晋导演辞世时已经是耄耋之年,对一般老人而言,也是一种寿终正

寝。安度一生的人也许有太多的拘谨和胆怯，而颠沛坎坷的一生却充满了诗意一般的自由，犹如记录在胶片上那些诚意镜头。而今，那个时代结束了，记录那个时代的人也因为不同的境遇而渐行渐远。其实在生命的权限里，如谢晋导演一样的人，自由地驰骋，任凭风吹雨打，却活得酣畅淋漓，在一场足球、一顿豪饮中就能挥洒出心里的诗意与率性，那些世俗意义的痛苦又算得上什么？

在天国里，也许有另外一套价值观，将如他一般的人评判为真正的赢者。

谢老叫我"马宁同志"

直视骄阳

欧洲有一句谚语：唯有死亡和骄阳不能直视。

有人将《艺术人生》谐音为"遗书人生"，或许就是因为有许多已逝的生命在此留下过他们的身影。我们借由节目的机缘，直视了消失的生命，记录了生命的遗言，由此而产生的一种岁月体悟，称得上是快餐时代稀有的礼物。

对逝者的纪念，就是用心去记住他们。但一个与马季先生有关的故事却让许多人记住了2009年岁末的那个夜晚。

2009年春晚现场，我作为春晚的导演站在台口。下一个节目是我的同事马东领衔演出的群口相声《新五官争功》，在节目中马东扮演父亲马季生前的角色。这个节目由董卿来主持报幕，董卿满怀深情地站在台上，介绍了一番当年《五官争功》的由来，也许是心中涌动着对马季先生的怀念，董卿顺口说出了最后的一段话："下面有请马先生的儿子马季来为大家表演"……

话音刚落，电视机前几千万人听出了破绽，董卿却还不知，郎昆导演和众导演互相交流，先不告知董卿，怕影响她后面的情绪。谁成想，因为距离董卿下一次上台还有一段时间，她在更衣时顺便查看了一下自己的手机，猛然间发现，手机里已经积累了N条电视机前的朋友发来的信息，告

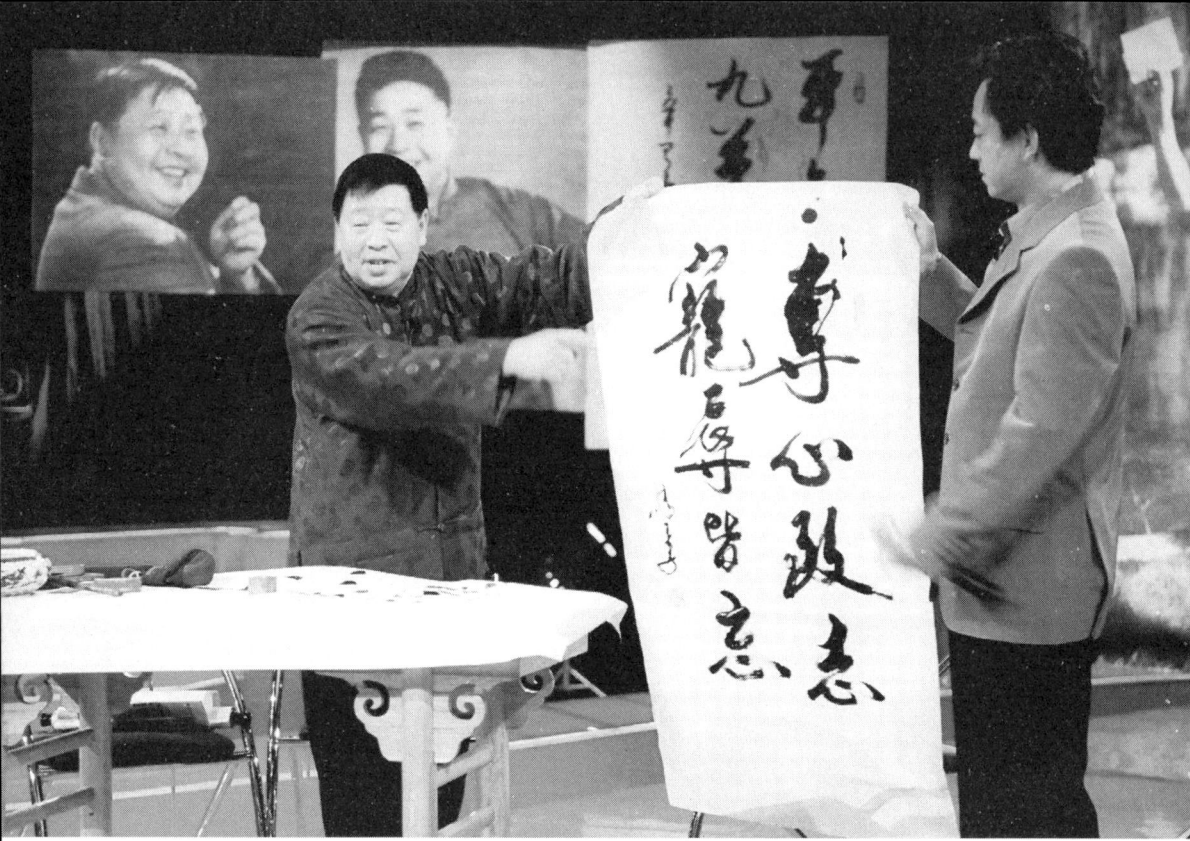

诉她把马东错报成了马季。虽然当时我并没有看见董卿瞬间的反应，但是一向追求完美的她应该是一阵巨大的难过吧。

我站在台口，那半小时里，大家见到董卿都不敢提及此事，直播还在继续。董卿换了下一节的礼服，站在台口候场。马东成功地演完了节目回到台后，正好碰见了董卿。难过的董卿掩饰着自己愧疚和尴尬，在路过马东的瞬间，双手抱拳，仿佛是祈求马东的原谅，因为在人群熙攘的后台，在紧张的直播间隙，是没有时间来进行解释的。只见马东满脸带着憨厚的笑容，对着董卿摆摆手，一直在说着："没事啊，没事啊……"

在正月十五的元宵晚会上，导演特意安排董卿为获奖节目《新五官争功》颁奖，董卿在念及马东名字的时候故意微笑着拉长声，台下响起一片会意的掌声。马东相声未开口，现挂道："瞧瞧我们爷俩这名字啊，弄得董卿这年都没有过好……"又是一阵笑声和掌声，一个小小的口误终于在同事间的宽容里释怀，成就了一个比节目还好看的"佳话"。正月十五过后，在一期《文化访谈录——春晚底牌》的特别节目中，董卿被主持人马东邀请作为嘉宾。直到那时，我们才知道董卿这一段时间的纠结，她说："三十当晚下了直播，疲惫的自己躺在床上，眼泪顺着太阳穴流了下来。毕竟，马季先生已经远去，马东是自己朝夕相处的同事，怎么可以这样报错？"这在主持经验极佳的董卿看来，简直无法原谅自己的过错。也许是冥冥中的一种安排，马先生在天之灵知道自己的作品重新登上舞台并被自己爱子领衔演绎，特意托伶俐的董卿来幽默一把？

在意是一种尊重，宽容是一种品德，一个口误链接出了一份比节目还精彩的真挚，作为旁观者，我庆幸自己看见了。

认识马东也是因为当年做马季先生的节目。马季先生住在北京郊外，很舒适的房子，养了两条狗，一条凶巴巴的大狼犬，一条温柔的小京巴。陌生客人到访，两只狗会审查很久。去马季先生家里进行采访时，我就曾被两只狗无声地"审视"了多时，马季先生乐呵呵地招呼我不用害怕。整个采访过程，它们就在一边旁听，马先生还时不时的和它们互动一下，我的采访也变得宽松而愉快。

回忆起马季先生为节目写的一幅字："专心致志，宠辱不惊"，更是让我们看到了他对相声事业的热爱与忧虑，也更加尊重他为人做事的一派风范。对马老的尊重不仅是因为我与他的工作交往，还与我的父亲有关。

我父亲在13岁时参加了中国广播说唱团的少年相声组，如同今天孩子的特长班一样。当时，年轻的马季先生是这个班的辅导老师。每个周末，我父亲都要跟马季先生学习。一个讽刺乱扔垃圾行为的名为《香蕉皮》段子经马季先生修改，并在他亲自的指导下，变成了一个幽默带讽刺的好节目。马季先生当年很看重我父亲，希望父亲可以继续学习相声，还亲自来到我家说服我奶奶。当年奶奶思想相对守旧，觉得文艺工作不能"养家糊口"，于是就婉言拒绝了马先生。我父亲当时遗憾之极，怎奈遵循母命，与曲艺擦肩而过。但是，父亲一直惦记着自己的启蒙老师马季先生，每每在电视中看见马先生就要提及一次这个故事，我耳朵几乎听出了老茧。

没成想，我以后成为电视导演，有机会约马季老师做节目，父亲非常的激动，在他的一再要求下，我决定"以权谋私"请他当成普通观众发言。父亲当时50多岁，穿一件灰色时髦的高领毛衣端坐在观众席，我在场下忙碌，假装与他不认识。

话过三巡，主持人对马老先生说："台下有位观众也姓马，据说年少时

跟您学过相声。"

父亲在观众席起立，上来便问，"您还记认得我吗？"

"我不敢认啊！"马先生周到地回应。

"是啊，我都要上《夕阳红》啦！"

父亲激动地将其少儿说唱团的往事刚一提及，马先生便接话到"《香蕉皮》"

父亲感动极了。

43年了，一个那么小的小孩，说过那么小的段子。而今，小孩已经56岁，马先生已是古稀之年，因为一个"香蕉皮"同时勾起了两人多少沧桑记忆啊！

主持人邀请我父亲上台和马先生握手，父亲如同无数在艺术人生节目中的老观众一样，在那一瞬间五味杂陈。我站在台口，目睹这一幕，突然觉得这也许不是节目，是真实的与自己生命有关的细节。

之后的某一天，马季先生去世了，我们为此制作了纪念节目，父亲依旧是坚持默默地看完，和我回忆着那日节目现场的马季先生，并反复地说着："多好的人啊，多好的人啊！"

当我面对那些曾经出现在我们节目中的逝者，总会想起父亲的感慨，在为逝者痛惜之余，也有些许的欣慰，因为我们以自己的方式记录了他们点点滴滴，并帮助喜爱和惦记他的人们留下一份看得见的记忆。即便被称为"遗书人生"，也算是对他人生命的一段记录，受人托付留份遗言。

我和马季

现场易碎

父亲与马季互动，马季手里拿的是父亲当年的照片

五福最无常

2004年底,傅彪成为出现在我们节目中的一个最意外的嘉宾,邀请当时大病初愈的他做客节目实在有些于心不忍,因为节目总是带有娱乐的成分,一个刚刚康复的人不应该承担这样的义务。但是,当我们的外联在演播室的外面意外见到做客《走进电视》的傅彪夫妇时,还是没有忍住一个善意的邀请。

真要开始联系他的时候,我忽然有了一种忐忑不安的心情,甚至拿着电话犹豫了很久没有拨打,总觉得循循善诱的采访一旦开始,就难以抑制住对他死里逃生的那种痛苦记忆的回顾。

曾经在很久之前,我因为一件小事采访过傅彪。在顺义一个简单的旅馆里面,傅彪沏好了功夫茶等着我们。当我们到来后,开始采访前的种种准备,他和忙碌的场工混在一起,帮着支灯架子,摆弄设备。采访的过程并不长,近乎简短的三句半,但傅彪却在我每次发问后,都精心、反复斟酌。临走的时候,我习惯性收拾东西,见到一个黑颜色的男士背包,就以为是我们摄像康康的,顺手拿起来背在肩膀上,兴高采烈地准备出门。傅彪紧随其后,向我连说了三次留步。我还以为这是他的客气,连忙摆手示意不用再送,也不知道我错拿了他的背包,我当时不知道他为什么那样依依不舍。紧接着,傅彪用他那特有的幽默语气对我说:"这个包您要是喜欢就拿走,但您把身份证给我留下行吗?"

那一阵狂笑的余韵似乎还在耳边回响,傅彪就变化着花样在荧屏上蒸蒸日上的进步,直到有一天因为肝脏移植成功之后再次与我们合作,虽我与他并非莫逆之交,但也颇多的感慨和顾虑……

电话顺利的接通,语音语调一如既往,傅彪在介绍自己首次移植手术时还自豪地说:"医生胆子真大,在我肚子上拉了三大刀,刀口正好就是一个'奔驰'车标,以后我给他们做代言去,没人有我这样的好条件。"

在傅彪的引见下,当天下午我来到了北京武警总医院,准备采访神医高人沈中阳教授和郑静晨副院长。沈教授是中国肝脏移植的第一把刀,我来的时候,又一个病人在他的妙手下起死回生。傅彪之后,据说这里每月最多有33个肝移植病人成功移植。救人一命胜造七级浮屠,我开始意识到"救死扶伤"四个字的意义。那天正巧有军区司令的慰问晚宴,傅彪手术专家组的组长郑静晨副院长忙得不亦乐乎。于是,我在苦苦等待沈教授和郑院长三个小时后,被医院相关人员带进了手术室。换鞋之后,我见到了刚刚从手术台上下来的沈教授,此时他还穿着一身绿色手术服。我原以为他是正襟危坐的老教授,没有想到竟是个刚过不惑的"年轻人"。沈教授带着些许东北口音,善谈幽默,就好像是傅彪戏里的搭档。怪不得沈教授在节目中一再说与傅彪有着"默契",原来面对生与死的考验时候,也可以喜笑

当时真是开心啊,以为一切都过去了

颜开。而那位郑静晨副院长担任过印尼海啸中国救援医疗队的首席医疗官，被热带考验过的黑红肤色还没有退去，挂在脸上和嘴边的是朗朗的笑声，让我本敬畏的心情换了一种表达的方式，想想傅彪今天的精神焕发，其实移植到体内的不仅仅是一颗健康的肝脏，更是一种新的思维，原来乐观和笑声才是对生命最好的尊重，我几乎恍然大悟。

那期节目我们一共有10对夫妇，孙海英、林依轮看到傅彪都特别高兴，过来和他拥抱。我们看当时房间里的人很多，考虑到他的身体情况，我们还问他用不用单独找一间房，他连连说不用。正式录像之前，傅彪一直在抽烟，当时我问他："怎么还抽烟呢？"他说没事，只是喝酒不行。在现场，傅彪特别配合我们的工作，只要是工作人员一叫"彪哥"，他马上就站起来说："哎，什么事？"他深知来录像是要把欢乐带给大家的，而不是让大家同情他。

于是在节目的现场，我们一改隐藏在潜意识里的"悲壮"，将"五福临门"赠予傅彪：第一福，事业有成，同时热播的三部电视剧可以佐证；第二福，乐观至上，无须赘述；第三福，有贵人相助。记得沈中阳教授和郑静晨副院长出场的时候不仅仅有掌声，还有此起彼伏的叫好声；第四福，"艳福"，相濡以沫的妻子张秋芳是最好的例证；这最后一福，中间有个我们忌讳的字眼儿，朱军故意读轻了那个音，傅彪却喜笑颜开地说那是人间的吉语：大难不死，必有后福……

还记得在做节目后期的时候，一天彪哥打来电话，我说："我正在开车"，他立马说："技术行不行，要是行，违规咱俩聊聊节目，不行的话，一会儿再打吧，万一警察抓住你，你就把电话给他，我帮你说情。"

我哈哈地笑着，吹嘘自己的技术，他才小心翼翼地问我："咱的节目行吗？我说得行吗？我没招观众烦吧？"

"不烦，逗着呢，我看好几遍还觉得逗呢。"

"得嘞，逗着呢我就踏实了……"

其实那时候所有人压力都特别大，医生和护士们也是，可能医治傅彪是最有压力的。面对这样一个著名的病人，面对这样一场真实的人生劫难，对于谁都是一种巨大的考验，医生们也要面临社会的质疑，沈大夫曾经说傅彪治好了，大家对肝移植都会更有信心的。也许一个著名的病人能得到更多的照顾和关爱，其实，那是一种特殊的沟通和理解。沈大夫说，傅彪

住院的时候,每天都把病友们逗得稀里哗啦的,病房里从来没有这么热闹过。傅彪却说,反正都进来了,高高兴兴的兴许还能出去,万一出不去,临走前大家乐呵呵也好啊……

直到最后我才明白,傅彪对自己的身体并不乐观,就是太想为肝移植做一次代言了,于是以这样的方式鸣谢救治自己的大夫吧。

"五福"是人间的美事,但无常却是最大的道理。节目之后不久,我又看见了傅彪再次换肝脏的消息,他将再一次经受生命的考验。对于他的病情,我们能做的是送去一份遥远的祝福和祈祷,直到噩耗突然传来……

告别那天,我打车去八宝山,司机问道:"今天那边特别堵车,您这是送谁啊?"

"傅彪,演员。"

司机边开车边惊讶地看了我一眼,说道:"傅彪!好人呐,好人!"

那天在八宝山的门口,数万人挤在烈日下送这位好人。妻子张秋芳站在边上向来宾鞠躬,冯小刚、韩红、徐帆一帮朋友都戴着漆黑的墨镜,帮忙张罗着。站在这里,我心中忽然有一种温暖的苍凉,临走的时候能够被这么多人惦记也算是一种造化吧。他曾经是位负责任的演员、负责任的丈夫、负责任的父亲,他留下的和带走的都值得我们深深的怀念,这样的人生,除了过于短暂之外,其实是没有什么遗憾的。

又回忆起最后一次和他合作节目,他说:"住院挺好,每天都去食堂买武警医院食堂蒸的大白馒头,特别香,很多年胡吃海塞的,但是唯有那大馒头真是香啊,每天盼着吃。"

但愿在天堂,他还有那么香的大馒头吃。

幽默不在后院

在那么多哲人关于"到底生命是一场悲剧,还是喜剧"的论证里,这些几乎终生都在舞台上与喜剧纠缠的人们,他们真实的人生却往往与喜剧离得很远。

高秀敏走得非常突然,当我们接到消息的时候,像所有人一样,都以为是一场游戏的谎言,当节目组的各位同事接到全国20多家媒体同行的求证电话时,我们才敢于确定:又一位给我们制造欢乐的生命消逝了……

《艺术人生》和高秀敏的缘分不浅。栏目曾经两度邀请何庆魁和高秀敏夫妇做客:一期是日常节目,一期是春节特别节目《父老乡亲》。节目中夫妻二人默契配合,向全国观众既介绍了精彩的东北"二人转"艺术,又展示了他们之间深情朴实的情感生活。这是两期经典的节目,嘉宾的真情实感和浓浓爱意打动了无数电视观众,收视率很高。

高秀敏的女儿李萱曾经在《艺术人生》实习,而朱军的妻子谭梅和高秀敏又曾同在《水兵俱乐部》中共事。剧中有个有趣的情节,高秀敏主演的丈母娘特别喜欢《艺术人生》,心目中的理想女婿就是朱军那样的。戏里戏外大家处得热热乎乎。在节目录制前,高秀敏总会让我帮助挑选衣服,反复询问我说:"闺女,你说我穿哪一件好看?","闺女,你看这句话怎么说比较好?"在节目录制过程中,我们都称呼热情的高秀敏为"老姨"。

我和高秀敏一家三口

在那期介绍他们夫妻二人的节目中,为了再现高秀敏走过的艺术道路,我们专程来到了她的东北老家。在代家洼子的村里,我曾经亲眼见过高秀敏上过的舞台。那墙上斑驳的字迹分明写着一段不堪回首的戏剧人生,有如一辆卡车大小的台子曾经上演过少女时代高秀敏的艺术梦想。那时候,一副嘹亮的嗓子成了高秀敏养家糊口赚生活的来源。据说在舞台上演戏的时候,高秀敏的妈妈在台后帮助她照看着嗷嗷待哺的女儿。艰难的在艺术与生活中寻觅着的高秀敏,直到遇见才华横溢的何庆魁,两人才相互扶持,一步步从乡下的小舞台走向艺术的殿堂。

但这样的描述太过于概括。当我们又来到他们夫妻住过的吉剧团宿舍,却看到了在一个约9平方米的小房间内,曾经居住过他们一家四口。"高秀敏的今天来之不易,她是经历过苦日子的",往昔的同事这样评价高秀敏的成功。

一个农民出身的女演员,将执着和努力化为"幽默",并以幽默化解创业的艰难,但是很少人知道在笑声背后一段段艰难的成长,而今一切的努力伴随生命的消亡化为乌有,留下生者与亲人的悲伤……

是啊,幽默不在后院,真实的生命只与悲伤和遗憾为邻。

在媒体对高秀敏逝世的相关报道中，我翻出了《父老乡亲》那期节目。

演播室里挂满了象征着丰收的农作物，原来的小桌变成了一口大水缸，上面还写着一个"满"字，那是为这对农民出身的嘉宾度身定做的道具，寓意着他们淳朴的艺术和人生。节目的结尾两口子幸福地一起合唱："满园的花溜溜的草啊，那就分外想啊……"

画面中的"老姨"依旧是那么精神矍铄地跳着唱着，似乎用她的"幽默"努力化解着所有人的忧伤。

又记起在高秀敏80岁的老母亲家采访，老人一口地道的东北腔调，我请老人对着摄像机的镜头给闺女说一句话，老人犹豫了半天，对着镜头慢慢地说："秀敏，你多前回来啊，妈想你了……"

何庆魁表演他的看家本领——撒网

有质地的灵魂

十年是一种"矫情"的说法，从任意一点倒数十年，都可以找到一种归结，命运没有将十年当成阶段性的节点，刻意的使你产生定下来或继续走下去的动力。我曾经在网上搜寻有关"十年"的热门辞语，"十年生死两茫茫"竟然是。尽管我们少有经历生死，但是每次见到那些逝者的影像复现于电视屏幕上，这句话总让自己想起曾经与他们灵魂的交集。

常香玉——那件艳粉色的衣服

人民艺术家常香玉老师做客节目的时候，自己已经知道身体的虚弱状况。登上现场的舞台之前，老人特别选择了一件艳丽的玫瑰粉色衬衣，还请化妆师将自己的头发梳理得一丝不苟，将近4个小时的谈话时间里，老人一直是挺直了腰板，眼睛炯炯有神，欢乐又庄重的氛围里漂浮着一丝外人不易觉察的伤感。

似乎要完成一个未竟的心愿，在节目策划阶段，常老委托我们帮助她寻找一个人，一个她生命中的"恩人"。原来在她文革受批斗的时候，一个叫唐素华的女人，在不得不参与对常老批斗的时候，将一卷废报纸重重地仍向她，"恶狠狠"地说："你要老实交代，好好改造。"当人群散去，常老打开报纸，发现里面卷着的竟然是一张很厚的肉饼，狼吞虎咽地吃下，也吃下了继续活下去的勇气。这个普通的女人以朴素而勇敢的方式表达了戏迷对艺术家的爱护。

当满头白发的瘦弱老太太唐素华出现在舞台上的时候，常老激动得几乎全身颤抖，但我们想象中的炽情言语并没有出现，只是看到两双满是皱纹的手紧紧地相握在一起，我终于懂得了在经历过苦难的一代人心中，患难之交意味着什么……

言语之间，节目进行到了最后阶段，老人突然说："我今天就是向大家谢幕告别的……"，观众也许并没有对这句话产生什么触动，但是，站在侧幕边上的我们和常老的孩子心中却陡然一惊。老人明镜似的的心思，坦然地面对即将的永别，选择用这样公开的方式谢幕艺术人生，苦难也好，荣誉也罢，竟然是如此动人的雍容。

时隔一年，常老离世，我们制作了纪念节目，并特别将老人坐过的那把椅子放置在空空的舞台上。常老的儿女们告诉我，老人走的时候，穿的就是在你们节目中穿的那件艳粉的衣服……

季羡林——要学习，也要高兴

当年季先生长期居住于301医院，行动不便，但听到我们要做教师节的节目，他欣然同意接受采访。2008年8月26日下午4点左右，我们心怀崇敬踏入季先生的病房，令人高山仰止的学术成就却隐在了一张仁慈和善的面容下，带着盈盈笑意欢迎我们的到来。去见季先生之前，我们精心准备了先生最爱的荷花，并收集了他亲传弟子的祝福。这些礼物让季先生笑逐颜开，至今我仍然记得先生"呵呵"的笑声。

2009年新中国成立60周年，《艺术人生》正在策划《影响中国》系列节目，依然将先生作为首选嘉宾。因为去年的缘分，我们积极地准备着相关资料，期盼着与先生的再次重逢。怎么也没有想到，就在准备的过程中，却突然接到了先生远走的消息。

之后，围绕着先生去世，各种回忆见诸报端，上到总理的慰问，下到弟子的回忆，我们能奉献出的纪念就是2008年那段珍贵的影像。在季老去世的第二天，本没有节目播出的时间，郎昆主任特别安排出晚间10点多的播出时段。那天我们熬了一夜，在节目播出的前半个小时终于把带子送到了播

出库。尽管没有与季老太多那种人情世故的交流,却敬佩他于生命隐忍的背后所取得的杰出成就,他研究的领域大部分人不懂,就如同他的一生……

记得那次采访,我们请教季先生:"年轻人要怎么做?"先生说:"要学习,也要高兴。"这样的话语今日想来竟有些莫名的沉重。

过了几天,为了参加季先生的追思会,我到附近的花卉市场买荷花,买花的商贩找了许久,才找到一只盛开的,竟然问我:"这是送给季羡林先生的吧,我在电视中看到他喜欢荷花,这年头很少有人买荷花……"

是啊,北大未名湖里的荷花叫"季荷",据说,是当年季老亲手栽种的。

李文华——朴素的心愿

李文华第一次出现在我们的节目是作为姜昆的嘉宾。为了拍摄节目中放映的小片,我们来到位于劲松附近的他家采访,非常普通的楼房,楼下是邻家大妈大爷遛弯买菜的身影。房子是旧式的小户型,没有客厅,小屋中的写字台上放着一副很有质感的李文华老师的油画画像。老人1984年发现喉癌至今,早已失声,苦练了腹部发声,那声音像是用特技做出来的,让人不忍去听。这是我最艰难的一次采访,李老师说话要一个字一个字地说,非常艰难,但是他丝毫没有省略那些礼貌和客气的用语,让我们不忍再待下去。

节目录制现场,幽默的姜昆谈及李文华的时候一度哽咽难语,回忆当年他在李文华手术单子签字的情景,那种为了保全李老师的生命,却又必须让李老师失去嗓音的深深无奈……

让姜昆没有想到的是,李文华老师竟然来到节目现场,瘦骨嶙峋的他穿着最小号的白衬衣还显得肥大,手边不得不带着一个白搪瓷的缸子,那是他的痰盂,他不好意思地对我们说:"老吐痰,添麻烦了。"

那是一个让人终身难忘的见面,李文华被姜昆搀扶着上了舞台,我分明看见了台下有位中年的汉子泪流满面。姜昆说出了一句听来平常,却真挚无比的话:"没有李文华老师就没有我的今天,"李老师一边摇头,一边微笑,一边拿着手里的手绢给姜昆擦眼泪。那天,大屏幕中回放着他们当年经典的段子,那是我们生平第一次听到相声的时候流下了眼泪……

此时彼地,我们不歌颂品德,也不回味经典,两位艺术家重逢在有观众的舞台上,两个生命中搭接了多少作品中无法尽数的伤逝,那些经典的

我和李丁

我和李文华

侯耀文

常香玉

陈晓旭

笑料为什么经年累月，伴着人生变迁，竟成了人生最哀伤的一幕，喜剧家的人生深处又潜藏了几段笑声呢？

2009年，李文华老师驾鹤西去，家人特意选择了老人面带微笑的照片作为遗像，姜昆撰写"永葆工人本色堪称楷模，忠诚相声艺术一代宗师"的挽联为自己的老师，也为最好的搭档送行。在纪念李文华老师的网页上，两人在《艺术人生》中的对话成为李老师的绝唱。

十年生死两茫茫，对于有幸与"艺术"交集过的生命更易生出沧桑。逝者一瞬间成云烟，从人生的是非中脱身，融入到茫茫境界；生者也只有从屏幕上他们那些活跃的影像中体味"茫茫"的更深含义。每次重播，看时都有一种迷惑和疏离，悲喜转化成其他，真实或虚无，有天我们皆会如此，只是没有机缘以这样的方式留存人间。也许从那一天起，他们不再是艺术家或明星，而是一个个鲜活而有质地的灵魂……

曾经做客《艺术人生》的逝者：

季羡林：国学大师

常香玉：豫剧表演艺术家

马季：相声表演艺术家

李丁：表演艺术家

欧阳山尊：著名戏剧家

谢晋：著名导演，中国第四代导演代表人物

孙道临：表演艺术家

戴爱莲：舞蹈艺术家

李文华：相声表演艺术家

黄宗江：著名戏剧家

高秀敏：著名演员

闫怀礼：著名演员，《西游记》中沙和尚扮演者

傅彪：著名演员

侯耀文：著名相声演员

陈晓旭：87版《红楼梦》林黛玉扮演者

丛飞：公益歌手

罗京：中央电视台著名播音员

……

焦虑是一种生产力

焦虑是一种生产力，我们在这样的生产力上，萌生了新的生产关系：我们和别人的关系，以及我们和我们自己内心的关系。

那些焦灼的片段有时被渲染成"敬业"，在一年一度的台内部节目"感动CCTV"中，经常台上台下哭成一片。那时候的大家都像是迷失在职场森林中的孩子，被自己心中名为"焦虑"的魔鬼吓得魂不守舍，以致要一起重温"谁的眼泪在飞"的集体记忆……

听来荒诞，但一切的一切皆因热爱电视而起。

假如你在大学时学习和"电视"相关的专业，那么正式的灌输开始了。老师们嘴边总重复一句话："每天不看3个小时电视，还能混吗？"

看电视在高中时是被家长明文禁止的，尤其是高考前后，听说学这个专业就是要天天看电视，简直有"罚我吃肉"的感觉。于是，放暑假时吃饭睡觉看电视成了顺理成章的日程，妈妈见我在家歪斜在沙发上看电视，上来就表扬，这孩子真用功，又看电视呢。一会儿不看，就被批评，你怎么不看电视啊……在学校里，除了看电视，还要看电影，看演出，总之，要反复看、不停地看，不许从兴趣选择，哪天什么节目自己没有看过，立马觉得自卑，不看电视怎么向老师汇报，又怎么和同学聊天啊……

大学毕业来到电视台，看见到处写着"播出安全"的字眼，立马觉得

王峥、朱军和我在开场前最后的沟通

《艺术人生》十年庆典,我们走上舞台,成为朱军的采访对象

自己的一举一动都要像在加油站防火一样紧张。"安全"两字骇人听闻,手里带子含着怕化了,托着怕飞了,谁没有做过演播室塌了,播出带丢了的恶梦啊。眼见着被电视节目折腾得或面黄肌瘦或肥头大耳,身边都是内分泌失调和抑郁的人,而这些人往往是先进工作者,三八红旗手,上光荣榜的。北京电视台有个介绍本台精彩电视节目的栏目叫《电视先锋榜》,的确,上榜的节目毕竟是大题材的力作,做这些节目的人确实会有"先疯"的可能。崔永元的《不过如此》中写道:"电视台的女性,个个脸发绿。"中央电视台经常请著名养生专家做专题讲座"电视工作者的保健"等。按照专家的观点,台下一水属于"高危人群",按照专家的标准,我们早就是革命烈士了。

然而,就是这样长达数年的自我强迫积聚成了一个年轻电视人的生活方式:焦虑耗费了自己的心力,也被自己的焦虑转换的生产力逼得蒸蒸日上,生活和工作浑然一体。什么叫无私奉献,就是你奉献了什么,自己都不知道。

常香玉说:戏比天大;电视人说:电视比什么都大。

焦虑是一种很难理清属于"生理"还是"心理"领域的疾病,但可以确定的是焦虑可以形成一种习惯,在精神末梢产生一种激进的物质,当这种物质到达一定浓度的时候,焦虑又可以转化成一种催化剂,甚至是一种生产力。

在汶川地震发生的当口,听说四川成都发生了怪现象,人们遭遇地震第一反应都是往外面跑,只有两种人往里跑,一个是救援部队的战士,一个就是新闻记者,进去拍摄可能拍摄到的一切。这个时候,记者的行为被讴歌成敬业爱岗的典型。但是,理解他们的媒体同行知道,这是多年的工作养成的"焦虑"习惯,那就是潜意识中深怕拍不到第一现场的"焦虑"。试问,什么力量让人置生死于不顾,我承认有时是高尚的品德使然,有时就是受制于一种一根筋式的焦虑,正是在常年的重压焦虑下,人被挤压出一种近乎本能的反应。

2005年刚过春节的某日,昏昏沉沉的一梦醒来,也分不清究竟是正月初几了,忽然听见某个著名的演员在耳边说,"托您的福,我挺好的,"然后是爽朗的哈哈大笑,吓得我猛的坐了起来。原来电视里《艺术人生——特别现场》的最后一集正在热闹地播出,我顿时松了一口气。记得大年

二十九那天,我和王峥亲自去三楼的播控中心入库,去之前我们俩像两个得了强迫症的患者一样,将带子数了又数,仿佛是年幼的孩子清点自己刚刚分得的糖果,生怕少了一块,看着我们亲爱的磁带被各种红色印章盖上通过,我们俩才最终互道再见,各自回家过年。刚才猛醒之后的心惊肉跳并非偶发事件,做电视多年了,至今我都有一个转不过来的思维死圈,只要看见自己的节目在家里的电视机中出现,总觉得像闹鬼了一样的奇怪,一个正常的现象在我看来有时候会有发现了奇迹一样的新鲜感,甚至边看边想按 STOP 或 JOG 键,倒回来看看,仿佛那些浸透着辛苦的画面只有出现在监视器上才是真实和可信的……

做电视的人在家看电视不是一件轻松的事情,老是会恐惧于经过自己之手千锤百炼的画面出现什么闪失,尤其是当看到一个类似错别字的错误出现的时候,简直就像是吃饭吃出了苍蝇一般难受。身为电视人最大的不幸是牺牲了自己作为一名普通电视观众看电视时的休闲和放松,尤其是在看自己制作的节目的时候,甚至是梦,都与恐惧错误出现的大大小小的焦虑息息相关。

记得我们前任责任编辑给我讲过一个真实的笑话,某年元旦的时候,《艺术人生》特别节目播出的时间特别多和零碎,重播和各种时长的版本可以说千奇百怪,责任编辑手里有一张长长的播出表,全组只有她一个人明白我们到底要做多少版本的播出带子,终于在她近似于老婆婆般的絮叨声中,我们的节目顺利地在指定时间入库,而可怜的责编却得了强迫症,节目入库之后老觉得自己一定是弄错了带子,想想一旦出错的严重后果,吓得她将节目的播出表放大挂在家里的电视机旁边,每天等着节目无误地播出,一个节目安全播完,她就在自己的播出表上画个对勾,经常是迷迷糊糊地醒来,抓起遥控器,听见节目片头的音乐了,欣慰地松了口气,"播对了",又昏沉地睡去……

在一次纪念英模记者甘远志的节目中,著名的播音员李瑞英被请到我们的演播室,她也曾经谈及自己的"焦虑":《新闻联播》被改成直播之后,她的梦中经常出现那些《康熙字典》都没有的生僻字,或者话筒不出声,怎么努力也说不出来话。每被这样的梦吓醒之后,她总有种"幸好是做梦"的庆幸。

说起"焦虑",似乎是电视人的通病,但似乎又与电视无关。若追寻焦虑的根基,也许它只和一个人的职业"态度"有关。

在《理想2005》崔永元曾经和朱军有过一番这样的对话:

朱军:我身边有很多朋友都说,《小崔说事》这节目挺好看,怎么都觉得它像《实话实说》。所以有些人问,"他为什么不回《实话实说》?他要回去的话,多好看啊。"为什么?

崔永元:我要回去,就没人看《艺术人生》了。(掌声)我们当时做《实话实说》的时候特别投入,我觉得我发病都跟这有关系,有点钻牛角尖,希望每一期节目都做好,希望一期比一期精彩,老是这样想,给自己压力太大了。现在就特别放松,我觉得你现在《艺术人生》做得很好,千万别有这个想法,希望一期比一期好。每一期都好,你就跟我一个病房了。(掌声)

白岩松也有这样的焦虑,"我有两个很具体的压力,一个是有节目做的时候的压力,另一个是没节目做的时候的压力。1997年香港回归,那是中央台第一次做新闻事件的大型直播,我正好负责的是驻港部队从深圳进入香港那部分的直播。我从来没做过直播,紧张,怕自己说错。可是偏偏每次演练的时候,一张嘴就是,"各位观众朋友,现在部队已经到罗马州口岸。"脑子"嗡"的一下子。非常恐惧,每天晚上睡不着觉,那真是一种发自内心的恐惧。以至于当我第一段直播做完之后,没出错,兴奋得一塌糊涂。下午的时候,发现手机丢了。第二次恐惧是没节目做的时候。2000年做完悉尼奥运会回来之后,我就离开《东方时空》了。我当时要创办的新栏目叫《子夜》,以为顶多三个月就可以办成,但是长达一年的时间也没能出台。那段时间不是因为没工作而有压力,而是你突然不知道未来在哪里,可是过去已经被你结束了。

我的好友董卿也有这样的感慨,"我记得好像是莫泊桑的《人生》里有一句话,'生活永远不可能像你想像得那么好,但是也不会像你想像得那么糟。'有时候可能脆弱得一句话就让我泪流满面,但是有时候也可以咬着牙走很长一段路……"

崔永元因为焦虑而生病,董卿因为焦虑而更加的敏感脆弱。但是,焦

好山好水却没有时间看

虑的他们却保持着傲人的成绩。当我们过多地赞扬努力奋斗坚强勇敢时，焦虑也许是一种生产力，因为对光荣和梦想的渴望所产生的巨大生产力，正是这些真实的东西：焦虑，虚荣，野心，让我们付出了超乎常人的代价，也帮助我们完成了人生的梦想。

无论按照中医养生，还是禅学的境界，"焦虑的生产力"似乎都是"不堪破"的见证，但是又能如何？我们只能继续焦虑，承认焦虑，与焦虑同行，谁让我们生在一个焦虑的年代又做了一份焦虑的职业呢？

把节目做成节日

当我拿着盖有"北京广播学院"印章的毕业证离开学校的时候,电视业界正进行着一场激烈的变革。我以为凭借四年的专业知识,足以成为这场激烈变革中的翘楚。然而,当我真正走进电视,从事电视行业,却发现自己对于专业的学习远不是毕业,而是刚刚开始。还好,我赶上的是《艺术人生》。对于一档以演播室作为唯一现场的节目里,年轻的我们对这种节目样态的理解还停留在技术的层面,与创造性的电视理念毫无关系。那时的我们只是简单地把《艺术人生》当做一个崭新的契机而经营,慢慢的,《艺术人生》就像是生长在我们心中的花草,悄无声息地绽放成职业生涯中灿烂的一笔。

不可否认,《艺术人生》生在了一个好的时机里。虽然它的诞生之年——2000年,依然没有多少鲜活的东西出现在电视荧屏之中,虽然人们还在绚丽的歌舞和灿烂的灯光中寻找电视的视觉冲击,习惯着电视里的表演镜头,但我们认为2000年已经是很发达的年代。在那个年代,朴素真挚的演绎在电视中成为最前锋和最时尚的表现形式。这种形式就像是沾满灰尘的璞玉,我们在懵懂和无意识之中发现,在用自己的衣襟持续擦拭中,这块璞玉逐渐散发出固有的光芒。那个时候,我们并没有今天这些连篇累牍的电视理念,只是用日常的习惯来经营一档节目。

　　最初,CCTV—3 的 20：35 至 21：15 的"24K 足金时间"成了我们的乐土。我们"狐假虎威"地抻着 CCTV 的招牌经营《艺术人生》,就像含着金钥匙出生的孩子,有着天生的优越条件。当然,我们也深知沃土上的耕耘其实更需要艰苦的努力。

　　我曾经认为懂得掌控机器、操控按钮的人才是真正的电视人,认为程序的顺利就是能力和胜利。如今,回过头来看我们在《艺术人生》中的 6 年,才发现新世纪的焦虑、返璞归真的气息以及庶民的胜利才是我们得以生长的土壤。2000 年,《艺术人生》将那些电视屏幕上的"白天鹅"卸掉了华丽的衣饰,开始朴实地讲述曾经丑小鸭时的艰难。而屏幕下的"丑小鸭们"品咂着其中的味道,频频点头。人们丝丝入扣的心情变化影响着我们,而我们仅仅将这种心情的变化进行了表达。

　　于是,我们放大了生命中不善表达的一切,观众上来拥抱异性的明星,犹如打开心扉的自己,让人们在 50 分钟里将善良真挚的心尽收眼底……

　　要不是因为节目,我无法热切感到社会心理的变化怎样深刻影响和勾勒着我们的生活。在最终的节目中,那些熟悉面孔所张扬的精神成了节目的动力,我至今都记得那些用脸部特写诉说的酸甜苦辣,动人的泪水以及迷人的微笑,当我们无所谓声音的质量而只想听他唱;当某个相声的片段之后我们不想笑而泪水涔涔;当一句经典的台词之后我们听到了雷鸣般的掌声;当一个优雅的姿势之后表达的却是一种生命不能承受之轻……当我们把艺术用人生化解,那些曾经浓妆艳抹的人给了我们巨大的惊喜,不善表达的我们开启了尘封的故事,而那些青翠粉嫩的青春也在真实的掩护下平安地成长,我们的片子中没有花里胡哨的装饰镜头,假如闪烁了,并不是因为那些名家大腕儿的光彩,而是因为他们的故事像是火种,点燃了人性的光辉……

　　十年形不成思想,仅仅是发现而已,汹涌的"眼泪"成了我们一时的话题。我们也被调侃成手机段子,"和一个人说隐私是知己,和一群人说隐私是傻 X,上电视说隐私是艺术人生",一天之内我接到 235 条这样的短信,我们曾经"窃喜",自己竟然也成了话题,从传播的角度,这是一种被误解的胜利。

　　就这样我们度过了一年又一年,也经历着一个电视节目必然要经过的"跌宕起伏,疾病灾荒"。十年后的今天,电视屏幕上风起云涌的欢乐几乎可以淹没蓝色丝绒的时候，我们笃信一种不变的价值观，盛开过的花朵最希望被铭记的不仅仅是芬芳，更是希望留下一颗记忆的种子，种植下一个世纪的激情。

也许，我夸张了《艺术人生》的价值，不过是一个黄金时间播出的谈话节目，何至于上纲上线疯狂记载。其实对我和我的同事而言，这里就像人生一剂大补的药，无论是理性的职业生涯还是感性的热爱，都无法抑制我们心灵中那种迅速的成长。

从职业生涯上讲，《艺术人生》是一个大学毕业生最佳的实习地点之一，因为她让你看到了真的东西，实在的电视理念，看到"真枪实弹"场面，榨干人心境的思考，高密度的实操，惊人的疲惫。在一切的新鲜劲头之后，所有的劳作中，不厌其烦的重复是任何工作必不可少的环节，而始终坚持并不是胜利，最艰难的就是一直保持着第一天的兴奋。兴奋是最令人疲惫的状态之一，假设是一个不想继续的人，到了这里也就真正的死心了，并不遗憾，因为至少收获了一种真实的感觉，不算失败。什么是一份好的工作，喜欢的？有兴趣的？赚钱的？不辛苦的？其实都不是，一份可以使自己变聪明，打开了自己的工作，才是最好的工作，觉得自己越来越喜欢的工作才是好的工作，就像白头到老的婚姻，开过小差而始终认为他无法被别人取代。

小时候我是家里最讨厌看电视的人，还信誓旦旦地写了作文，说电视里的东西全是假的，我要探索真理之类。没有想到，鬼使神差的在这个中国电视的黄埔军校中完成了青春的成人礼，又竟然成了《艺术人生》的开荒者之一。于是一场旷日持久的奋斗开始了，在我还没有来得及迷茫的时候就被繁重而高密度的思考深深取代。

"理想主义的创意"、"浪漫主义的情感"、"现实主义的表达"、"超现实

我们和羽泉一起唱歌

主义"的要求以及"后现代主义"工作方式,让《艺术人生》成了电视业内的一种传说。"正直品质,极端制作",是我最喜欢的关于《艺术人生》的说法。

都说《艺术人生》性别为女,具有女人的气质、女人柔情和韧性,也有女人的焦虑和善变、女人的不塌实。台前朱军的男性气质给了它一些阳刚和稳健,50分钟,年华老去,再看十年前的播出带,恍如隔世,付出的何止是精力?

当我们总去炫耀自己过往"光辉岁月"的时候,其实十年就这样平淡的变化,《艺术人生》创业的一班"大学生"都已经而立。十年中,我们其实经历着一个人正常的变化,攒下了无数在演播室疲惫不堪或着急上火的照片,每张都是丰富的表情,有些着急得甚至"狰狞",有些笑得没有了形象,工作到了尽兴,尽兴的愉快和尽兴的困惑。2003年的年底,我手中拿着《温暖2003》不到半页纸的文案,沉浸在无休止的迷茫中,嘉宾有没有到位,什么样的演播室称得上温暖,什么是让人眼前一亮的灵感?漫步清冬寒夜,心中凉到没有了知觉却还策划着温暖?有些困惑的瞬间理性是无意义的。在那个期间,不到100斤的我陡然又失去了6斤体重,瘦得没有了道理。其实当《艺术人生》播出的时候,外表的骄傲和兴奋是极少的,更多的是看"恐怖片"时的那种心惊肉跳,似乎自己的破绽就要被戳穿,也会失落,精心的准备就在观众一笑而过的瞬间不露痕迹地流逝,任何深邃的思想和倾注的情感都变成别人的笑谈。电视是最残酷的职业,拿自己的青春当柴火,点亮别人也许无聊的光阴,当辛苦已成往事,荣誉也如过眼云烟,那长达50分钟的快感成了我们唯一不与人分享的禁果。

欣赏同行的那句"不过如此",无论我帮助了你,娱乐了你,影响了你,还是打扰了你,请记住:打开电视,你的快乐就是我们事业的巅峰时刻,关上电视,再精彩的节目也不是人生……

《艺术人生》剧组做客《与您相约》,我第一次从幕后走向前台

达人是怎样炼成的

  2007,香港回归10周年之际,身在香港的我却在为一盏路灯发愁不已。故事得从CCTV《艺术人生》移师香港录制说起。在香港星光大道电影少女雕塑旁边,我们将道路拦腰剪出一个空场地来录制一期特别节目,香港和内地电影人将在这条美丽的街道上进行一场富有意义的对话。但布置现场过程中如何处置一个细节让我们发起了大愁。

  在马路上拦腰截留的一块场地里,有一个路灯,正好挡住了一部分视线。舞台设计想出了一个办法,用一朵纸质的紫荆花将它挡住,仿佛一朵花开在海边的半空中。当我们为这个巧妙的创意欣喜时,公关公司的工作人员告诉我们,香港有极其严格的规定,路灯属于城市公共设施,在路灯上挂一朵花要经过政府有关部门的批准,手续极其复杂,且需要很多的工作日才可以完成。

  已经是午夜时分了,但天气依然潮湿、闷热,有如蒸桑拿。我坐在海边,眼睛直勾勾地盯着那盏路灯,等待着公关公司与香港相关机构交涉的结果。就在不远处的街道,灯光璀璨闪耀,那里是香港有名的小吃街和美食街。此时我多渴望自己能够过去逛逛街,哪怕不买东西只是站在旁边看看也好,可此时我只能对着那盏路灯,无比焦虑地等待沟通结果。

  一段折磨人的等候过后,与管理部门的协调终于告成。望着那朵花,我突然觉得这是香港最美丽的风景。之后再去香港,我总是去那盏路灯处看看,人群熙熙攘攘,没有人知道我曾经为这样的小事着急上火。虽然这些事情小得不值一提,但也正是诸多工作中带来的小麻烦和大麻烦历练出了所谓的圈内高手和达人们……

可怕的是,这样的麻烦就好象鬼魅,总爱与心中的担心与恐惧如影随行。

离节目播出还剩3个小时的时候,被修改的节目还在"锅里"没有煮熟,所有的人手忙脚乱的,那可怕的DEADLINE像紧箍咒一样让操作复杂程序的脑袋处于崩溃的边缘。我曾经在一次"赶播"之后,坐在台里院子的台阶上,怀抱手机,等着那可怕的一小时赶紧过去,忽然手机震动,吓得我面如土色,原来是一个小广告的短信袭来。一看不是台里的电话,瞬间觉得躲过一场劫难。都说电视台的人是被吓着长大的,别人理解不了,电视节目又不能死人,怎么这样吓人?是啊,不是同行怎么可以理解那种焦虑不安,往高尚说是一种责任,往人性上说,那是一种超于人类忍耐水平的魔鬼训练,多年以后当你接受了他,你也会在新导演吓得半死的时候,淡然地说:"不是还有三个小时呢吗?来得及。"你也会在最后的5分钟像最开始的5分钟一样把持着自己的理性。信手拈来一般的把一切当成是一种人生最经典的训练,也许很多年以后,你就可以是那种传说中的宠辱不惊了。

120分钟节目分别录制在两盘带子上,第一盘带子播出的时候,第二盘还没有做完,也许你还有充裕的60分钟准备,但是谁能在这60分钟处变不惊,谁就历练成了神仙。

但不幸的是,有时候老天也不会总是照应着我们这些可怜的人儿。

2005年,赵丽蓉辞世5周年。在她生前,《艺术人生》还没有开播,我们没有足够的时间和空间邀请老人讲述,辞世5年的日子正好弥补了这样的遗憾。节目的进程非常顺利,我造访了赵妈生前的许多地方,遇到了很多人,发现了很多故事,感慨颇多。节目录制之后,栏目组一行人还特地去为赵妈扫墓。墓地上方的树上有一只喜鹊窝,驻扎了好几年,我们为有这样的细节感到欣喜。当然,回来视频编辑的过程也非常顺利,一气呵成。这一天是星期三,我将编辑好的节目入库,计划在周五播出。周五的晚上,我约上好友在一家餐厅吃饭,特意打开电视虔诚地等待节目的播出。时间一到,大家都安静下来,认真地收看节目。节目进行到2/3处,忽然声音变

终于在路灯上贴了一朵花

香港美食

小，电视屏幕上出现了星星点点的火花。周围的朋友还以为是餐厅的电视机不好，叫服务员调试。这时，我感觉一定发生了什么，但又不愿意确定它是否真的发生。我的手脚逐渐感到冰凉，心跳也开始加速，"千万不要出什么问题啊！"我一边想一边走到门外，给东西南北四个城区的朋友们打电话，请他们帮忙看看正在播出的节目是否有问题。他们都若无其事地说似乎是有闪火星，都以为是自己家电视机出现了小的干扰没有放在心上。这时，我回到餐厅，看见节目闪烁的火花越来越严重，声音也变得越来越小。忽然，电视屏幕变成了"美丽的云山雾罩，《请您欣赏—黄山》风景片"，朋友们嬉笑着，我却如同心脏病发作有些发颤，电视台的同事都知道，当你的节目突然变成了《请您欣赏》，意味着一定是出了重大事故，是播出线的应急处理预案，用《请您欣赏》垫播……

15秒左右节目又回来了，我已经脸色煞白。

朋友们安慰道："没事吧，不是又播回来了吗？"

意识到问题的严重，我赶紧开车往台里赶，一定要弄清楚到底怎么回事。还在赶回的路上，我的电话马上响起，播出线的号码跃然眼前。我脑子飞速地旋转，打电话给与节目相关的每一个人，身在城区四面八方的每个相关"人士"都已经听说了发生的"噩耗"……从餐厅到台里，10分钟左右的车程，我都不知道自己的车是怎么开回来的。一干人聚集在播出线上，节目带子还在机器中艰难地转动，几位工程师围着机器，目不转睛地盯着屏幕，看着带子吱吱呀呀勉强播到了结束。部门主任、播出主管、技术主管、相关制作人都齐集到一起，看着带子播完。当带子从机器里拿出来的时候，磁粉已经快掉光，有些磁粉甚至糊上了磁带透明的部分。拿着带子稍稍一晃悠，磁带的粉末马上掉出来……

谁是谁非暂且摆在一边，大家都先重点解决问题。在技术和播出部门的帮助下，我连夜在机房把这个节目又重新剪辑了一遍，因为第二天还要重播。此时的我，就像小学生默写课文一样，一点一点地剪辑。第二天一早，我拿着重新剪辑的带子来到金越主任办公室重审签字，节目带重新安全入库。回想半夜时分的经历，真是既惊吓又困顿。之间发生的琐碎着急之事无法细数，有种"虱子多了不愁咬"的意味，不过对我来说，麻烦比悬念更让人感觉踏实。

之后经过鉴定,是磁带质量老化,只是没有老到播不出来。事故发生后的15秒里,播出线的技术人员迅速切换机器,将《请您欣赏》及时地插播进来。我真的很钦佩他们的应急能力,这成为我在危机时刻处变不惊的典范。

事后,我问及家人和朋友,对节目当中插播一段山水风景片有何感觉,他们均表示毫无感觉,甚至都没有在意。他们不知道在这样的美丽风景画面背后曾有一群差点被"风景"吓死的电视人,也更不知道这15秒的风景片让事故相关责任人背上了不可推卸的责任。在电视人眼里,这样的事情几乎和医疗事故一样,是事关生死的大事。

直到今天,我一看见美丽的"黄山风光"就吓得心惊肉跳,最美的风景在某种特殊的心境下可以是另外一番景象,讲起来是笑谈,却是我们最真实的工作状态,别人不经意的东西也许是我们职业生涯最重要的部分。长期的"惊吓",将我们历练成处变不惊的达人,也发掘出自己最大限度的潜力。电视人公认的是这么一幅幸福的场景:自己在沙发上昏昏欲睡,而亲自制作的节目正在电视中安全播出,直到电视播完了,播到雪花,也没有接到关于节目的电话。

我不想夸耀达人炼成过程中同仁们的品德和责任,很多时候,当我们因为这样的事被挂上大红花遭到表扬时,也不觉得是种荣誉。从某种程度上讲,这更像是一种经历过魔鬼训练之后镶嵌进生活中的习惯。

货真价实的达人们总是在经历了反反复复的折磨之后平平静静地活着,而内心依然存留着对一切新鲜事物的笨拙感,包括对面的你,愿意读我的文字的亲爱的读者。

昂贵的战争

2010 年底，我制作电视连续剧《毛岸英》幕后的故事，年过 80 的毛岸英遗孀刘思齐在电视剧的第一个镜头和最后一个镜头中悄然出现，几秒钟的镜头给了电视剧一种震撼，一瞬间，50 年之后的一幕，剧中那个青春靓丽却遭遇人生如此不幸的女孩子在瞬间变成了苍老的模样，还在抚摸自己丈夫的塑像。这个在虚拟和现实中切换的镜头记载着一个女人一生的爱情和悲伤，无论是否与伟人相关，那种撕心裂肺的真实足矣让人唏嘘感叹。

刘思齐当年仅仅做了一年毛岸英的妻子，却在整整的一生里回味这段难以言状的爱带来的悲伤，到了耄耋之年，尽自己所有力量，拍摄了一部电视剧，名字就叫《毛岸英》，直白的如同直接呼唤自己的爱人的名字。剧中演员演绎得很青涩，现在的观众说看着似乎有点做作，而刘思齐老人却对我说："不是的，你们不知道，就是这样的。"

于是，这个机缘让我有幸到长沙采访了她。

那天我午夜睡去，清晨醒来，又看了电视剧的最后两集，在北京拥挤的交通中上路，一路堵到机场时发现我的航班已经停止办理，无论拿出什么软语硬话都无济于事，而且下一个航班已经没有座位，几乎崩溃的我只有在机场死等下一航班的退票，如坐针毡的在机场的咖啡厅喝着苦咖啡，困顿被咖啡和焦虑调理成了不切实际的兴奋，我絮叨地分析着一路的行程，

　　下午4点前我要赶到长沙的湘雅医院，中午的12点50的航班是我最后的希望，假如没有赶上，我就会错过这样一个机会……

　　还好一切如意，我在长沙堵车前到达了湘雅医院，匆忙地买了一束花。走进医院，我平缓了自己呼吸，抱着花，在医院电梯的镜子里看了看自己，电梯滴的一下停住，一切顺利得超乎想象。

　　门没有关严，我半敲半推着走了进去。刘思齐老人看见我，亲切地笑了，旁边护士礼貌地看着我，接过鲜花，老人说："我顶多还有5分钟，看这瓶子药见底了。"

　　穿着医院的病号服，没有化妆打扮，老人坐在打针的沙发椅上，开始了又一次的回忆，在我的职业生涯中，第一次面对采访对象不知怎么提问，是问真实的历史，还是而今感受？面对老人刚刚拔下的针头，我不敢深问那些往事，但是这些俗套老旧的问题，又是一个采访必然的开始，毕竟，我面对的仅仅是一部电视剧，她却面对着一场血雨腥风的战争，面对着自己苍凉的一生和永远怀念的爱人。

　　刘思齐老人说，为了电视剧，她整整准备了30年，30年中，她走访各地收集资料，收集的过程就是一遍遍的回忆的过程。回忆苦涩吗？也许不是，回忆是一种精神的寄托，30年中，她在朝鲜或俄罗斯冰冷的资料室独自一人查阅资料的过程，就如同是与爱人团聚的时刻，也许因为这样的爱她很充实，很满足。老人对我说："片子我看了很多遍，审片时我看一遍哭一遍。"拍戏时，老人经常去探班，看着一班80后的年轻人正在演绎几十年前的自己，也许恍然间觉得一切都正在发生吧。

　　老人说话很慢，略微带着口音，讲起故事来没有起承转合，仅仅是平实的叙述，时不时的跑题和所问非所答，进入自己的语境和回忆中，让我无法追问或打扰。这是这个年纪的老人经常的状态，随意提起的人都是在历史书中才见的人物，信手拈来的细节都充满着神秘莫测，甚至很多民间的传说都是老人一句家常的玩笑。刘思齐老人甚至并不在意在电视机前讲那些似乎讳莫如深的东西，那些对她而言无非是生活的常态，而生命最大的寄托仍旧是对自己挚爱丈夫的永恒怀念，那些惊心动魄的历史在她的爱情中仅仅是细节和微言，也许她终于到了不用瞻前顾后，不用羞涩独自品鉴的时候，可以表达在心中蕴含了半世的爱情了。

讲述总是平淡的,她不是那种善于激动的人,几个平白的问题后,老人潸然泪下,却千方百计地克制,我无所适从地望着她,递了一张纸巾。她继续自己的叙述,我仍不知怎么追问和打断,就那么听着,那些在她漫长的人生中假设幻想的美好片段和真实经历的纠结过往,无人可以理解。

老人一直在克制,一直用一种平缓的语调说话,一直有种自己的逻辑,我不敢断章取义完成采访的任务,只是觉得自己沉浸在其中,在她的时代,我是个没有发言权的人。50年的战争胜利了,而她的战争却在那时才开始,一个19岁新婚丧夫的女子,而今是80岁的白发老人,我想她在乎的永远不是胜利与否,而是斯人的归来,因为最后她说,岸英要是活着,现在就是一个88岁老翁,长得应该很像主席。

几日后在北京的演播室,问扮演刘思齐的年轻女孩,假如你是刘思齐你会选择毛岸英吗?女孩大方地说:"会选择,但我不希望他去朝鲜。"今天的女孩脱口而出的话,50年前和50年后的刘思齐都不会提及。

也许理解历史,理解一场战争很难,它被恐怖化;也很难理解一次胜利,它被理想化,尤其是在50年之后,一个本与我素昧平生的老人,一段历史中悠远苍凉的往昔,在我匆忙的赶来的时候变成了我的一份经历,我悄然之间,在一天之内,往返北京和长沙,路过了历史,探望了一片干净的感情,亦看懂了远去多年有爱的英灵,更看到了一场战争的背后,那些被付出的昂贵的代价。

那一点致命的戏剧感

2007年，中国话剧艺术诞生100年。

借着这个百载难逢的机会，2007年清明，我们将节目现场搬到了"人艺"的舞台上。

人艺的舞台是个神奇的地方，不算最大，不算最高级，但因盘踞在龙脉皇城根，沾着几千年的文化味，浓浓的氛围酿就了一种特殊的神秘感。在人艺，有很多关于这个舞台的传说，人艺的舞台轻易不能上，没有历练到一定程度，一定会在舞台上忘词，说错话。还有人说，上台前一定要参拜人艺老院长曹禺，不限形式，哪怕是心里的拜会。否则，这样的舞台，上的去，下不来……

都是传说，传说的非常邪乎，我们本着唯物主义的原则，将信将疑，权当是故事，听罢则已。只是，作为戏剧的爱好者，倒是希望那些传说都是真的，因为神秘是有力量的，我们渴望那种力量。

在人艺的舞台上搭建电视节目的演播室，在人艺的历史上还是第一次。

木质的地板，空旷的剧场，听得见回荡的脚步声。这座有种中国古朴建筑风格的剧场散发着一种让人肃穆的气场，热爱戏剧的人走进这里仿佛信徒走进教堂，顿生神圣。

仰望人艺的舞台，想起自己曾经是狂热观众的那些日子。

大学时代，为了看场人艺的话剧，不惜将一个月的伙食费折换成一张人艺的票单。下午很早就坐上漫长的公共汽车，摇摇晃晃，从梆子井（中国传媒大学车站名）来到王府井站，然后在王府井步行街再北上跋涉一程，才能如朝圣者般激动无比地伫立于人艺的跟前。

话剧很晚结束，冬夜饥肠辘辘，不远处东华门小车街夜市正兴隆，我和好友培培将身上仅有的10元钱幻化成两个很香很香的肉饼，以抵挡刺骨的寒风。一群同学边吃边谈论着刚刚结束的演出，早已经错过了末班的公共汽车，于是大家只好凑钱打一辆那时北京流行的面的，摇摇晃晃地返回学校，一路继续着或慷慨激昂或怅然若失的议论。到了学校骗过宿舍门口的阿姨，偷偷地回到已经熄灯的宿舍，爬到自己的上铺，在梦里回味着舞台上震撼心灵的表演……

我们的大学生活因为热爱戏剧而变得丰富，对于一群正在电视艺术专业领域学习，正在努力吸收着其他门类营养的孩子来说，人艺象征着一座被神化的高尚精神园区，经常光顾这里的人，一定不是附庸风雅，而是拥有着一份超越世俗的优质品位……

今天，我以导演的身份，首次登上了它的舞台。初次走上吱吱呀呀的木质舞台，一边和舞美师商量方案，一边去打量台上的一切。旁人无动于衷，我的心跳却逐渐加速。工作结束时已是深夜，我在舞台正中呆立了良久，此时应是人艺演出曲终人散之时吧，我仿佛看见了台下散去的人流，看见了裹夹于人流中的自己，那个一步三回头，恋恋不舍向着舞台展望的，扎着马尾的女孩……

为了保持舞台的原貌，我们仅仅在舞台上安装了简单的访谈车台，后面安装了巨幅的LED屏幕，希望在影像中还原那些话剧故事中的故事。我们选择了9位在中国话剧界取得杰出成就的艺术家，在舞台上以特别的方式纪念这个特别的日子。

录制那天，万事俱备，而神奇的事依次发生。

清明时节雨霏霏，非常应景，一场大雨将一车观众滞留在了长安街上，在录制必须开始的时分，半个观众席还空空如也，仿佛一场票房失败的演出。

LED的信号时有时无，不断出现半屏马赛克，检查诸线都连接紧密，查不出任何问题后，只好拆了重新安装。

与人艺艺术家合影

蓝天野

郑榕

朱旭

这时，转播车所有的信号又变成彩条，工作人员瞬间崩溃！据转播车上经验丰富的工程师称，来台工作30年，第一次遇到如此致命而诡异的事。没有办法，只好关闭所有的设备，再重复开启……

不知情的观众面对舞台上神秘兮兮、忙忙碌碌、焦虑不堪的我们，开始议论纷纷，刚刚开始的一个段落，录制了三遍还要重来……

朱军急忙给观众道歉、解释，万般无奈的只有实话实说："人艺的舞台的确不是随便上来的，我们真不知道为什么会发生这样的事情。"

节目断断续续地录制，而事故仍频繁出现，一点点耗费着观众的热情。

……

节目进程中，85岁高龄的表演艺术家朱琳出场，由她来讲述戏剧大师田汉的故事。当她说起田汉的骨灰盒里没有骨灰，只有一本《关汉卿》的剧本时，那台词一般的声音响彻整个剧院，很多在场的大学生潸然泪下。此时的人艺舞台在掌声的辉映下呈现出一种神圣的氛围，这个时候，朱琳老师在田汉先生次子的搀扶下站起来，拿着手里的菊花，径直走向舞台台口的一张道具桌子……

那张老旧的桌子是我们在设计舞台时偶然在人艺的道具仓库里发现的，在《雷雨》中曾是周朴园书房的书桌，这张桌子也曾经无数次陪伴朱琳老师在《雷雨》中的表演。桌子上还有一台那个时代很流行的绿色台灯，散发出微弱的光芒，就在这束光芒中，台上台下的人仿佛共同经历一场时空的穿越，我们听得见那时的悲欢离合，也看得见曹禺院长在每场话剧进行中，偷偷地面冲观众坐，观察每个观众神情……

朱琳缓缓地走到这个桌子面前，将花放在了上面，并深深地向桌子三鞠躬，每次鞠躬都非常得慢，似乎三次鞠躬都有不同的意义，这个场景并非我们节目的事前安排,而是一位"人艺"老表演艺术家发自心的一种感情。从她的神态和动作中，我们听得见彼时戏剧春秋中的悲伤，看得见一代人对一代人由衷的尊重和纪念。

台下的观众席里爆发出的剧烈的掌声，比得上当年名角吟咏一句经典台词的轰动效果……

所有人都被一种莫名的力量感动，似乎那种100年戏剧中的活力开始苏醒，瞬间找到了戏剧中那种震撼人精神的力量。

于是，神奇的事继续发生。

不知是不是那三鞠躬的神奇作用，录制开始变得异常顺利。每个嘉宾都争相倾吐出自己隐藏于心的故事与情怀，每位嘉宾在离场前都仿效着朱琳老师，向那张曹禺笔下的桌子三鞠躬，并敬献一束菊花。

那个桌子成就了一场电视节目最"致命"的戏剧感，倘若那些话剧的先贤在天有灵，一定有感知，因为这里曾经是他们心灵的故乡。

LED再也没有坏过。

转播车一直是饱满充沛的信号。

饥肠辘辘的观众没有一个提前离席，尽管已经录制了6、7个小时。

清明当夜，万物平和，节目在频道中悄悄地播出。也许在这个时代，电视节目最大的功能是为深夜不眠的观众消磨时间，但我始终相信：总有一些人，会在那个夜晚，会随着我们的记录，纪念为中国话剧做出贡献的先人，更会记起那些与生命有关的片段，无论是那些梦幻般的戏剧情节，还是在这个阴阳交汇的特别日子……

万物生长时，似是故人来。

黑夜是白天的眼睛

司机郭师傅在一次例会上皱着眉头，一言不发。制片人问了一圈，大家都发言完毕，最后问他："郭师傅觉得工作有什么困惑吗？"

郭师傅说："倒没什么困惑，就是挺困的。"

话音刚落，全体大笑。

我们困惑，但是我们主要还是困。

经常把日子过成段子是电视人的本事，一众昼伏夜出的达人硬生生将司机郭师傅熬出了一个字——"困"！

著名的羊坊店甲15号是《艺术人生》最初的办公地点，起初我们并不喜欢这里，阴暗且没有明确的地址。初来中央电视台办事的人经过我们的指点到达这里都呈现半信半疑的表情，总觉得在这里办公挺像骗子似的，久了之后，学习了这里的"历史文明"才知道，不认识冠华的人才有骗子的嫌疑，经常絮絮叨叨地和某人讲完了这八道弯的地址之后，人家一言以避之"您说的是冠华吧"，顿时觉得找到了知音，像是对上了"天王盖地虎"的暗号，能接上下句的都是自己人……

"冠华"是一处著名的地方，这座不起眼的小楼原来是一个小宾馆，后来被冠华公司承包了就成了一个影视作品的制作集散地。这里曾经云集着许多著名的电视剧组和中央电视台著名电视栏目组，地下有个油腻腻的餐

厅，穿过餐厅有个著名的录音棚，曾经传出无数响彻中国的声音。在冠华门口的树下，深夜经常停着时髦的跑车，准是哪个明星大腕在里面灌制唱片。据说张艺谋曾经是这里的常客，剪辑自己很多新片，一楼装修神秘的包装工场里经常制作出令人艳羡的大片。这里的设备曾经先进过一段时间，有一次，刘欢录制完了《艺术人生》后，半夜三更和妻子卢璐跑来看自己的片子，兴致勃勃地钻到机房的桌子底下看设备，和技术人员讨论这里的硬件。在这里下楼时碰见个"天皇巨星"也不稀罕，个个素面朝天不施粉黛，路过的人因为这里太简陋的外表缺少兴趣，只是偶而问这里是干什么的，不过这里也因此有了一份难得的消停。

因为驻扎的都是中央电视台、电视剧组以及一些制作公司的工作人员，大家作息的时间几乎混乱到了一起。夜班三更，人声鼎沸也不稀奇，少了互相影响的不便。在这里办公的人少有职场的规矩，吃喝拉撒在一起，即使是最贫穷的节目组都有一个看上去脏兮兮的沙发，那是无数困到绝望的人的暂时梦乡，和衣而卧，辗转反侧。有些办公室因为是客房改的，都有一个比较标准的卫生间，还有24小时热水供应，误会的事情时有发生。例如，一女编导的男友电话打来，一男同事接电话便说："请等会儿打来，她正洗澡……"

因为冠华的机房随着客户的要求作息，因而经常看到夜以继日、废寝忘食的电视人在这里出没，头天阳光灿烂地进来，几天、几月后披头散发的带着自己的用品和作品出去，像是生完孩子的产妇，抱着孩子回家，消失几天后又容光焕发地出现，周而复始……无数人在历经了某个节目的折磨后发出了永生不回来的誓言，结果不到三日，好了伤疤忘了疼，又来炫耀自己的新衣裳，看望一同"入院"还在"难产"（指节目还在反反复复的编辑中）状态的病友。

门口，深夜，总有趴活儿的出租司机。老司机几乎知道每个节目组人员的家庭地址，常打车的客人上车即睡，到了家门口会被好心的师傅叫醒，安全绝对有保证。崔师傅就是其中的一位，经常在晚上11点送我的时候说："今天您够早的……"作为回报，我会告诉他，我们住通县的和住望京的那个还没走，送完了我可以回去接他们。门口向右，卖水果的在这里驻扎了N年，服务周到，即使要一个橘子都可以送到办公室的门口。卖碟的更

现场易碎

在导播间分不清黑夜还是白天

是生意兴隆，一拨拨地输送各类大片。那天竟然看见个卖《艺术人生》盗版碟的，兴奋地对着我们节目的牌子，掏出手机就照相，权当在"家门口"留个纪念。

小楼的三层是我们的地盘，门口挂着粉色的牌子。进门的厅里挂着数位大明星的照片和一个坏了的立式空调，曾经被误认为是发廊或者艺术照相馆，也遇到过热心观众前来合影留念的，简陋反而成了神秘的象征……

后来，冠华搬家了，要搬的地方叫"新冠华"，和这里"同父异母"，在不远的两公里之内。尽管还是同样一个房东，条件据说也有鸟枪换炮的趋势。这八道弯的小巷子可能要寂寞一段时间了。一群"夜游神"曾经在这里驻扎了许久，在三楼上看不到简陋的巷子，因为是树冠的高度，只望见满眼的绿叶，用飞不高的小鸟视角看了5年，这里有着高楼里没有的风光……

真相是用来相信的

　　人想证明自己做了什么并不难，难的是证明自己没有做过什么。有人会终生为讨要一个清白活着，也许我们不理解，但是，当你被深深的误解一次你就明白了，真相是用来相信的，不是用来炒作的，否则也太低估观众的智商了。

　　我们邀请《孔子》剧组做客节目，其实就是希望借机邀请周润发做客，现在的明星档期都是要和宣传的作品捆绑，所以与公众见面的日子是签了合同的。按照合同办事是职业性的表现，至少邀请明星时，我不用在漫长的时间无望等待。

　　香港的艺人和团队有很好的职业性，答应的事情一定按部就班地完成。曾经在很早之前，社会上盛传《艺术人生》就是一个哭天抹泪的节目，不哭就过不了关，内地的观众当成笑谈，朱军也被戏虐成煽情的典范。周华健做客节目前，一定是深谙了整个传闻，并将传闻当成是一个不带任何色彩的规则，上场前，非常严肃礼貌而职业地问我们的编导："请问一会儿我要哭吗？"

　　导演姜姐一听就崩溃了，她是一个有着强烈责任感和人文情怀的文学女青年，听到这样的职业对话简直觉得受到了巨大的调侃和讽刺，张大嘴义正言辞地向周华健同志解释了节目的理念，言语铿锵有力。周华健听后，认真地点头，似乎明白了节目的意义，但却非常奇怪女导演突如而至的严肃神情。按照职业习惯，你说明白了就可以，不用大惊小怪。之后我们认真开会讨论了"周华健同志的意见"，那时我们才真的意识到两点：一、香港艺人真的很职业，二、节目的哭名已经深入人心……在节目中，周华健坦诚的表达和结尾即兴演唱的《朋友》引得大家一阵的温暖，我们特地准备了白酒，台上台下共饮。当然，华建手中的是茅台，观众手里的是二锅头，毕竟，200多观众，都喝茅台是有点奢侈的。不知按照爆炒的思路，算不算欺骗观众呢？

真相有时很简单，人们就是不愿意相信，即使是和自己八竿子打不着的事情，比如发生在《孔子》剧组做客《艺术人生》节目中的"下跪门"事件，其真相更在网上"越抹越黑"。

2008年胡玫导演做客《艺术人生》的时候，她就曾经向我们透露电影《孔子》的拍摄，从陈道明到周润发，谁演孔子成为公众的关注点。毕竟，孔子是中国知名度最高的人，谁能饰演都是三生有幸。带着对《孔子》的热切关注，我们与胡玫导演约定，《孔子》公映后一定再来《艺术人生》。

一年后，胡玫导演携《孔子》剧组，包括"孔子"的扮演者周润发如约登上了《艺术人生》的舞台。没想到，节目播出后的第二天下午，网上却传开了"下跪门"，乌烟瘴气地涉及了众多人，包括周润发和朱军，以及电影《孔子》和电视节目《艺术人生》。面对硝烟四起的传闻，作为见证人之一，我有责任打开"下跪门"，揭开幕前和幕后，看看到底是谁戏谑了谁？

"孔子"如约而至餐厅碰见周润发

2009年9月2日，中央电视台旁边的梅地亚中心张灯结彩，连电梯门口都搭上了临时的通道，能在中央电视台眼皮底下折腾的事情肯定大有来头，于是大家纷纷打听，直到中午吃饭才揭晓缘由。在梅地亚西餐厅吃午餐的朋友看见了一个高高的个子，穿着一件基本款黑高领毛衣的人。他，就是传说中周润发。原来是由他主演的电影《孔子》今天在梅地亚举行新闻发布会。与我们相关的是，下午周润发将从梅地亚直接去中央电视台的演播室做客《艺术人生》。

王峥、发嫂、发哥和我在导播间交谈

我在发布会之后见到了发哥,递上了名片,并和他约了午饭之后在西餐厅聊聊下午节目的方案。

午餐之后,在西餐厅一张开阔的方桌上见到了他。发哥比想象的高,怎么看还是许文强或小马哥"附体",毕竟对于我来说,许文强、小马哥是不可磨灭的影子。见到发哥,还没有等我利用职务之便说几句恭维话,他就先滔滔不绝地和我讲起了对《艺术人生》的印象,发嫂在一旁微笑地倾听,发哥神秘兮兮地和我谈论节目的策划,说:"我一会儿要给观众一个惊喜,看在你是我FANS的面子上,给我保密吧",于是发哥悄悄地告诉我他的策划,还专业而周到地问我:"我要是和主持人一起跪在舞台上,摄像机不会拍不到我吧"。为了保险起见,周润发还"采访"了我,问及了主持人朱军的情况,还说看过他的书,了解他和父亲的故事,很是钦佩,了解发哥的人都知道他是有名的孝子,单凭孝顺这一点,他和朱军就有了一种默契。

现场易碎

"一会我要和主持人一起完成一个关于孔子的情景再现，导演啊，你要保密"他再次地强调。发哥脸上露出了神秘而可爱的笑容。我在一边更是兴高采烈，期待一场盛大的演出，难忘的情景，现场的观众肯定大饱眼福。

发哥提前到场，冒充工作人员

录制是下午 2 点开始，周润发是第三轮出场，约好发哥 15：15 分到现场，不到 3 点他就出现了。由于大家谈到孔子兴致勃勃，录制进程比计划地推迟了半小时，发哥到场的时候，台上的陈建斌和周迅正在滔滔不绝谈话。我们安排发哥在休息室等待，谁知道，发哥"不听"剧组安排，擅自"闯入"了"办公禁区"，"呆着休息室我看不到现场，我不需要休息，我要看看节目"发哥坚持要呆在禁区。工作人员拗不过发哥，只好悄悄地带着发哥到了中央电视台最神秘的地方。

15：20 分，中央电视台 600 平米演播室导播间，一干工作人员安安静静，各司其职。发哥的闯入没有引起大家的注意，我和导播坐在前排，目不转睛地盯着满墙的监视器，忽然见到旁边的一张空椅子上，一位男士悄无声息地坐了下来。我习惯性的一回头，睁大了眼睛，发哥微笑着用食指竖在嘴边，那样子简直就像一个"突然来检查工作的领导"。因为有了中午的一面之交，发哥像见到熟人似的对我说："哈哈，我知道这里不让进呢，求你别赶我走啊"。这时，导播间的工作人员并没有发现发哥，依旧安静地工作。坐了几分钟，发哥开始对台上嘉宾的发言品评起来，并再次和我就一会儿在台上的计划沟通起来。他对我说："一定要用自己的行动告诉观众，自己对孔子的诚意，自己对《艺术人生》的诚意以及对朱军的诚意，我要用我的方式告诉观众我演孔子的感受，我相信你们的主持人朱军在台上一定可以理解我，我没有事前告诉他，是希望朱军和观众有一样的惊喜，一样的感动……"，发哥阐述着节目的观点，这个时候我几乎按捺不住欣喜，这样亲和而有诚意的嘉宾是值得观众尊重的。

离发哥上场还有一会儿，于是，调皮的发哥坐不住了，他悄悄地起身"偷袭"导播间的工作人员，绕到导播的身后拍拍他的肩膀，正在认真工作的小吴，头都没有回，不耐烦地喊道："正忙呢，谁啊？别闹！"见那人还

在不停地拍肩膀，小吴满脸怒气地回头一看，忽然阴转晴地睁大眼睛，"啊，发哥，您这是干嘛呢？"这个时候，导播间全体人员才发现了发哥的存在，大家礼貌地对他微笑，发哥见大家都无法起身离开岗位，就像领导慰问一线的工作人员一样跑到音频间、视频间、灯光台和每个人握手，引得随行的工作人员哈哈大笑。整个录制过程是紧张而有序的，不一会儿，发哥回到自己的"座位"，和大家一起工作，我们也因为发哥的亲和而"无视"了他的存在。

孔子是最大的腕儿，是本期节目真正的嘉宾

在上场前几分钟，制片人王峥从台下来到导播间，见到"认真"工作的"导播助理"周润发，也欣喜地与他攀谈着，谈论着我们对本期节目的期待，希望有机会能与他进行更加深入的合作。在策划阶段，本期节目的策划方案一改再改，因为一部电影的宣传不是最终的目的，我们希望通过自身的传播平台，用华人巨星周润发的影响和德行传承孔子的精神和气质。我们知道，在拍摄电影的时候，发哥自费送给工作人员文化衫，上面写着他自己最欣赏的孔子的话"己所不欲，勿施与人"，其实，谁饰演孔子都不敢只效其外表，只讲其生平，而是传承其精神，弘扬之伟大。这是《艺术人生》栏目邀约《孔子》电影剧组成员最核心的诉求。在节目的话题中，无论是周迅说到的"三人行，必有我师"，还是陈建斌提到的"人无信不知其可也"都是我们最想与观众分享的，而对于我们，这是个严肃的命题，"孔子"才是我们的嘉宾，才是中国最大的腕儿，后人哪敢怠慢？哪敢娱乐？这也是我们的节目、发哥以及胡玫导演的初衷。

我们尊重发哥，是因为他尊重节目

这时，朱军在台上发出了即将邀请发哥出场的信号，发哥急忙起身，从工作人员通道直奔上场口。发哥上台的第一句话就和朱军谈起了他在书中看到朱军父亲的故事，发哥是有名的孝子，孝顺是他最喜欢的话题，孝顺也是沟通两个中年男人最好的寒暄语。节目一如既往的顺利，观众的掌

下跪门事件前因后果

《孔子》全体剧组成员做客《艺术人生》（左五为胡玫）

声和笑声此起彼伏。发哥也不拿自己当外人,"擅自指挥"刚刚认识的熟人小吴"关灯",实施自己的节目计划。当发哥跪在舞台上,并倾情讲述缘由的时候,朱军以同样诚意的姿势"还礼"。这一跪,是一个电影艺术家的诚意和敬业,也是对饰演的孔圣人和观众由衷的尊重,而朱军的还礼是同样的真诚与尊重。发哥执意要给朱军行一个叩拜大礼,叩拜的原因是朱军对先逝父亲的孝顺,叩拜的是一种礼仪,更是一种精神,源于拍摄孔子数月的体会,在这种中国最厚重的礼仪姿势里,哪敢戏谑?男儿膝下有黄金,两个中年男人在演播室大庭广众双双跪倒,怎敢以戏谑蛊惑人心?

这是我在《艺术人生》开播的9年中,见到的嘉宾中绝无仅有的表达方式。我们被深深打动,这个对于中国人来讲,最重要的礼仪姿势,是绝对不能拿来娱乐的。我们也佩服发哥的胆量,我们尊重发哥,是因为他尊重节目,尊重了我们心中共同的诚意和精神。

这就是"下跪门"的全部真相

因为相信"真相是用来相信的",所以我将真相写成文字放了自己的博客上……

那之后,我的文章被疯狂地转载,同事们笑呵呵地帮我收集反馈,很多网友也在骂我,说我睁着眼睛说瞎话,粉饰太平,一时我也体味了众人喊打的滋味。我也只好学着"大牌明星"那样,该吃的吃,该睡的睡,做自己该做的。其实这个世界上,别人的真相尽可以猜忌,相信你身边的真相就足矣了……

记住的都是真理

说话的人多,听人说话的人太少;人的表达能力越来越好,而表达的方式越来越雷同;什么等级的话语都可以冒泡,但能让人记住的没有几句。

做了那么多期节目,见了那么多人,听了那么多话,不小心记住的都是些影响自己并达成生命感悟的细节,它们或是一颦一笑之间的踌躇,或是一个轻松搞怪的笑容,不经意的言辞透射生命的逼真,使真理的面目昭然若揭。

2005年《艺术人生》之《理想2005》在上海录制,来自CCTV和兄弟台的25个主持人聚集在一起。张越和东方台的曹可凡被安排一起出场,两个体型都很胖的主持人一上来引发了大家一阵善意的笑。谈话像一场欢愉的相声场,结束时张越与曹可凡一起走下台,步调特别一致的同时踩在同一块玻璃上,顿时钢化玻璃粉碎——张越无辜地说:"这不是我们干的吧?"剧务一干人冲上去换玻璃,白岩松也上来帮忙,成了节目最精彩的花絮。

张越调侃自己说:"要是不做主持人了,我肯定不想再做一个跟电视相关的职业。我觉得人生苦短,要让它异常丰富,体会完全不同的内容。比如说卖煎饼,站在街边看市井百态众生相。不管做什么,做一个实实在在的、给生活帮忙、不填乱的事儿就好了。"

"给生活帮忙,不添乱",我记住了。

邀请陈凯歌做客节目的时候，编导小别在陈导的一个旧工作室翻看资料，发现了一盘胶片，转成磁带后，发现原来是陈凯歌的父亲陈怀恺留给他的一段话。陈凯歌导演以前并没有发现，于是现场放给他听：

陈怀恺：你怕死吗？我不怕。但是你想死吗？我不想，我还想看后代，看周围的很多人。可是我现在身体的情况不是那么乐观，对人生很留恋。因为周围的很多人都很精彩，我都想多看看。我是不管谁做得精彩，我都鼓掌。艺谋也好，子牛也好，田壮壮也好，好多人。他只要做得精彩，我都鼓掌，因为都是我们中国文化的精华。所以我说留恋什么，就是留恋这些，留恋我们的后代，不仅仅凯歌，能够多看看他们，拍出来，做出精彩的产品。这是我活到现在最大的一个期待。

逝人的讲述，哲理一般精彩。

在结尾，我们送给陈凯歌一包黄土，放在最后一个胶片盒中，这是一位来自黄土高原的观众特殊的馈赠，让凯歌导演猜，这是什么？

他掂了掂，"狡黠"地说："是钱"。

主持人摇摇头，追问："钱重要吗？"他说："认识到钱重要是民族的进步。"他又掂了掂，说："那就是人心了。钱很重要，比钱更重的是人心。"

打开纸包，果然是"人心"。

我相信，我们也让凯歌导演记住了一段与"人心"同等重量的话语。

在香港采访金庸，他最后说了这样一段话："年轻的朋友，有一句劝告，希望你们养成念书的习惯。读书就是一种乐趣，这个乐趣人家剥夺不了的，而且你喜欢读书的话，什么失败，什么挫折都看不在眼，不放在心上，而且永远觉得一生过得很快乐。"

当今每天都有流行的IN语言，今天的IN语只在一瞬间觉得有道理之后，第二天就被新的IN语取代，是不够刺激还是太多的信息占据着我们的记忆空间？或者全民的语言表达和文字写作能力越来越欠缺？

"多读书吧，这个乐趣是别人夺不走的。"如果你记住了金庸先生的提醒，将一份耐心给予一本好书，那么，你将逐渐拥有超越"易碎"时代最为珍贵的一个本领。

钱穆先生说:"能存于吾记忆中的,方为吾生命之真;其在吾记忆之外者,则非吾生命之真。"也许完美印证并应验了"记住的都是真理"这句话。

运用快速删除键,抛却垃圾信息,为记住有价值的话语,请将大脑清理。

张越老师是我非常尊重的主持人

在中影陈凯歌导演的办公室(右一为作者、右二为陈红)

让人忧伤的是什么

20年后一场《再聚首》，世态炎凉尽收眼底。作为《艺术人生》的品牌系列节目，《再聚首》分明就是现代中国人心灵变迁史的微缩版本。

5个半小时，对节目录像太长，对20年人生变迁太短。年轻时分手，中年时再相遇，一切都已物非人非。滔滔不绝的过往，成为了得意者的骄傲炫耀和落寞者的无奈怀旧。在聚会中，成功者往往是新的主角，落寞者却在回忆时强调自己往日的辉煌。有些人和事是专门用来回忆的，一旦活灵活现出现在眼前，看得见摸得到时，却发现已经无法掌控。

成者的自嘲让人刻骨铭心，不成者的感慨永远带着耿耿于怀，《再聚首》其实是残酷的。

《花儿为什么这样红》剧组再次聚首的时候，真古兰丹姆的扮演者阿依夏木已是一个离异多年的中年女人，在家乡也没有太稳定的工作。当年一部《冰山上的来客》火了之后，她也有过当演员拍电影的梦想，后来命运阴差阳错的让她经历了失意的事业，还经历了爱人的抛弃。而今，自己和儿子生活在一种动荡中。当我们辗转地找到她，订好了机票让她来到北京，看见的是一位富态的维族女性，并没有露出生活奔波的痕迹。但是，终究40多年前的电影对她而言，已经失去了骄傲的意义，现实生活的烦恼也许才是最真实的隐痛，她很难和我们开口说这些。我和同事在送她走的时候，

《冰山上的来客》，阿米尔、我以及阿依夏木的合影，阿米尔送了我一顶新疆帽

悄悄地给了她1000元钱。言语也许是多余的，她含着眼泪和我们拥抱许久。之后，其他电视台同事向我要她的电话，我都痛快的提供，也许她能在那段往事的回忆中找寻点快乐，抑或是找点生活的新机会吧。

《红楼梦》再聚首，是我们现场录制时间最长的一次。导演在切换台上坐了8个小时，累得腰尖盘突出的老毛病都犯了。台上台下布满了来自"荣宁府"的一众人，他们一哄而上，尽兴享受着时光倒流之后的青春回味。导演王扶林一度被簇拥的喘不过气来，与荣宁府小姐丫鬟们见面时，激动的他们将朱军生生挤下了台，以至于导播在二楼疯狂地喊："朱军哪去了？"

他们的热烈也许让外人无法理解，但我懂得。因为《红楼梦》的拍摄对于当年正值青春年华的他们来说，不仅仅是一次人生的机遇，更是一种真正意义上的改变。

黛玉的扮演者陈晓旭在留给剧组的调查表中说，"《红楼梦》给我打开了一扇窗，又关上了一扇窗，不知是自己演得太好了还是太不好了……"《红

楼梦》是她事业的起点，也似乎是她演艺事业的终点。尽管我们看到了青春尚在，衣着讲究，依旧楚楚动人的陈晓旭，也知道她事业有成，有还算美满的家庭，但我们总感觉在她的脸上残留着隐隐的忧愁，那分明是"黛玉"的影子。采访中我们得知，当年在拍摄电视剧《红楼梦》的时候，导演按照剧中人物性格量身定制寻找演员：伶俐的，木讷的，悲情的，快乐的，挑了又挑，选了又选，终于找到了各自的"替身"。全体演员3年完全沉浸于拍摄之中，200年前的人物魂魄附体一般，在他们身上"复活"了3年时光，所以那不是一般意义的记忆，也不是一次为了成名或赚钱而参加的演出，那是一种体验自己、发现自己的心理旅程，在3年时间里，有人收获了爱情，也有人迷失了方向……

20年之后《红楼梦》人物汇集于我们的节目，聚会中每个人都滔滔不绝于当年的愉悦，而少谈之后的经历。毕竟，每个人的命运都被或多或少改变了。而今聚在一起，只有过往是相同的，之后的经历似乎都是生命中不可言状的秘密，无论是辉煌的还是无奈的。黛玉、凤姐的事业有成，宝玉的丧子之痛，史湘云无奈的选择，宝钗神秘的富有，众小姐丫鬟还在各种文化演艺的行当里奔波，有的甚至因为角色而改了自己的名字，将角色的名字镶嵌在自己今世的姓名中。

在一个人普通的生命历程中，曾经被艺术的纯美世界包裹，之后又被活生生地丢回现实生活，带着当下的光环和自己宿命的性格,咬着牙走进"大观园"之外的世俗世界。虽然一生再没演绎出超过《红楼梦》角色的人物，但那张永远属于角色的面孔成为了他们摘不掉的面具。

《再聚首》其实是很有疏离感的节目，每个人都要面对自己不得不面对的变迁。我不知道，曲终人散之后，这样的聚首带给他们的是甜蜜的回忆，还是新添的忧愁？回到家里的他们，是不是觉得刚才的聚会是一场梦，醒来依旧是自己需要面对的生活现实，而我们却再一次消费了他们的过往。

后来呢，其实后来也许更有故事，只是难以和人分享。

后来，陈晓旭出家、患癌症、辞世，假如不演林黛玉，后面的事会发生吗？也许会，也许不会。至少，假如她不是黛玉，我们不会为她忧伤。

那让我们忧伤的，是什么？

87版电视连续剧《红楼梦》再聚首

散落在候播厅的青春

候播大厅堪称电视台人气最足的地方,尤其是在大型晚会录制的当口。

廓大的空间被各路人马占据满满,脂粉和盒饭的味道混杂在一起,直熏得人头晕眼花,呈现出比舞台还繁华的图景,其中身着各色各式伴舞服的女孩们绝对是候播厅里的女一号。

获得这样的称谓不是因为她们重要,而是因为她们数量庞大。

在候播大厅里,每个角落、每个椅子都是她们的宿舍、化妆间,一群女孩子围成一圈就是一间简易的更衣室。换装完毕,脸上又起了浓妆,立马会变成一个舞蹈中的角色。她们的裙子是最艳丽的,却不精致,那些花朵、翅膀,点缀在裙子上的星星点点顷刻就会变成舞台背景中的一个组成部分。

在候播大厅里,她们总是可以极其熟练地化妆,大厅边上有一排带水池的镜子,就像洗手间里的一样,她们坐在一把把简易的椅子上,对镜贴着花黄,旁若无人地打扮自己。看见候播厅里出现的明星,兴奋地跑过去合影,明星大腕们一般都不会拒绝这些群众演员的要求,而且她们可以进入演员密集的区域,近水楼台先得月,得到与自己喜欢的明星合影的机会。当然她们也是普通观众追逐的对象,看见一排排的美女身着奇装异服,观众就像是发现了风景的游客,忙不迭地合影,留下微笑和纪念,彼此并不知道对方是谁。候播厅里的角角落落似乎都堆放着、散落着她们的青春碎片,

和徐克在化妆间交流

与韩红在录制前沟通

难得见到李雪健老师赶紧留个电话

这里有温暖的梦想，也有世态炎凉。

演出一开始，女孩们立即变得训练有素，穿上隆重的异型演出服后，她们只能站立，拖着身上沉重的零碎，挤在狭窄的通道中提前三个节目候场。舞台的幕后一般布满了各种零散的道具和电线，满地的绊脚石和高跟鞋简直就是天敌，很多演员极易在舞台边上不小心摔个趔趄。但是，她们多数已经练就了"梅花桩"似的功夫，轻盈飞舞在废墟一样的上场口。即使摔倒也不会下意识地尖叫，因为离舞台只有半臂之遥，一定要有点邱少云的忍耐精神。

一次晚会彩排前，我在舞台边和演员做最后的沟通，舞台到台口之间有一个缝隙，就像地铁列车和站台之间的那样，一个身着异形裙子的舞蹈演员脚没踩稳，一条细细的腿直接伸进了缝隙，眼看着马上要摔倒，而且一摔就是一个死跟头。说时迟那时快，一只大手从后面一把拽住了她，几乎是把瘦弱的女孩从那道缝隙里面拎了出来，女孩还没反应回来，回头一看，睁大了眼睛差点叫出来声："成龙大哥！"成龙将食指放在唇间，示意她不要出声。此时正好上一个节目结束，成龙在掌声中走上了舞台，女孩以无比崇拜的眼光"留恋"着他的背影，好一个英雄救美的现场版！

还记得有一次，在2009年春晚现场，航天员出场的环节是观众期待的亮点，因为他们是明星中的明星，很多大腕化好了妆拿着照相机满世界找他们。而导演组为了防止因他们的出现引起围观和骚动，特别将他们藏在了办公区的会议室里，并设专人"看管"。直到快上场时，才将他们请到了候播厅，冲破一路上被人追逐的重围之后，终于到达了上场口所在的位置。我在这个台口负责和他们进行上场前的最后沟通。这时不知从哪个角落窜出了一个穿着民族服装的舞蹈演员，见到杨利伟就哭着求他合一张影，杨利伟和翟志刚无助地看看我。看着可怜的舞蹈演员，我有些动心，但工作的职责要求我必须遵守纪律，离上场还有不到3分钟了，这可是几亿人看的现场直播，又是新春佳节，一个合影之后必定会有更多人效仿，我只能义正词严地拒绝她的要求。杨利伟和翟志刚更是纪律严明的军人，站在台口，一丝不苟，面对前来打招呼的人只是礼貌的微笑，一旦有人要求合影，就轻轻地说："导演不同意照相，对不起！"这是一个不允许有任何疏漏的环节，就像是宇航员即将出仓太空行走的那一刻。下一个瞬间，全国人民将看见

2009春晚，翟志刚、杨立伟和我在后台

他们，而在前一秒钟，我庆幸自己站在他们旁边，看见了他们的紧张、认真、严谨、守纪。在他们看来，登临面前的大舞台，是一个类似于太空行走的任务，是航天人的集体荣誉……

即将登临的舞台对谁都是一个近乎完美的梦想，无论是明星，还是明星中的明星，或是一位普通的群舞演员。在某一次颁奖晚会上，一个群舞演员代表上台领奖，主持人请她说一句话的感言，她仅仅是对着镜头对自己的家人说："妈妈，这回您终于看清我的正脸了。"

观众看不到上场前一天、前一小时、前一秒钟发生的故事，只能看见一个皆大欢喜、五光十色的舞台。所谓艺术与人生，就是上台了是艺术，而之前的才是人生。

被镜头偷窥的童年

张爱玲说：出名要趁早。却不知多早算早？

他们的知名度和我们的节目无关，因为早在童年时代，他们就称得上名人；但他们又曾经和我们的节目有关，这种关联也是起于他们那一段著名的童年。

某年某月某日，《艺术人生·六一特别节目》演播室迎来了几个似曾相识的面孔：祝新运、方超和金铭。与以往的嘉宾不同，他们经历了一段家喻户晓的童年，有着与众不同的成长；相同的是，他们的童年影像经常会回荡在人们美好的记忆中。他们共有一个名字——童星。

祝新运——"潘冬子"的梦想

"潘冬子"总会在每年的六一被人们不由地想起，因为电影频道每年都会重播《闪闪的红星》，饰演潘冬子的八一电影制片厂演员祝新运每年这个时候似乎都要再红一回。在我们的舞台上，祝新运带着自己的妻子、女儿，说起的却是一个很少提及的真实的自己。

与现代的童星不同，演完潘冬子，祝新运想的最多的不是当演员、当明星而是当兵，属于被"潘冬子"教育了的典型代表。祝新运回忆着自己的梦想，说："我们那个时代的人，跟现在人的思想完全是不同的，我当时就想，我演了这么一个小英雄的形象，而且这个人物那么完美，我没有理由去破坏这种形象。当时我们受的教育，就是做党的好孩子，就是要做一个好人，没有其他的一些什么，如我要做明星，我要挣多少多少钱，我将来的生活会是什么样等等，这些东西在我的脑海里面，根本就没有，惟一的就是要做一个好人，我要以潘冬子为榜样，我要做一个像潘冬子那样的人……"。

因为潘冬子9岁就当了兵，所以祝新运的梦想就是成为一名解放军战士，所以他走进了八一电影制片厂，虽然最终做了演员和导演，但距离自己的梦想毕竟不是那么遥远。如今，祝新运的理想生活就是平平淡淡、平平安安，在这个梦想的边缘，它们都实现了……

方超——我的童年没有选择

我和方超第一次见面是在北京工人体育馆的多伯咖啡厅。他比我到的早，坐在靠窗的位子上，我在下车的时候就看见了他，一张让我一眼就认出的面孔。尽管在此之前我只见过方超4岁时候的样子，浓眉大眼的方超，小巧的脸盘，略微显得有些瘦小的身材，可以想象他有着一个怎样惹人喜爱的童年。但是这张娃娃脸对于一个27岁的男孩来说，也许是有些许的遗憾，或许是太多的光华过早出现，于是还未与他沟通，我就理解了他在电话中那份隐隐的拒绝。如果没有那样的一个光华童年，今天的方超应该是一个与此时此刻的他完全不相干的人……

方超曾经是80年代中国电影界最著名的"儿子"，朱时茂、张铁林、龚雪、斯琴高娃、丛珊，都曾是与他相依为命的"爸爸妈妈"。在不太懂事的年纪，方超就已经演过了十几部电影，成为家喻户晓的童星。18岁的时候，因为身高的原因，方超被专业的表演艺术学院拒之门外，从此这位红极一时的孩子成为上海一名普通打工仔。

重回演艺圈的时候,这里早已不是童年玩耍的乐园。在我们节目的舞台上,方超的话语有着复杂的意味,他告诉观众:"我觉得我的童年有很多的画面,每部戏对我来讲,都是一个画面,里面有很多让我记忆犹新的面孔,我都记不起来名字了,应该说是剧本选择了我。我觉得我走上这条路,绝对不是我自己的选择。今天当我再重新回过头看这一段历史的时候,也许没有什么不好,也许我的童年和在座朋友们的童年不太一样,我的童年有很多不该在孩子身上发生的事情,17岁当我懂得表演是何物的时候,我对人生已经别无选择"。

在方超属于小主角的《泉水丁冬》这部片子里,我意外发现了另外一个熟悉的面孔,是做群众小演员的陆毅,毫不起眼的一个镜头从他面前一闪而过。

于是又想起两人命运的差异,感慨到:别无选择的命运难道只是属于身材矮小的方超吗?

金铭——直面长大

金铭是个自信的女孩,言谈举止都看得出来,更重要的是金铭光明的前途似乎就摆在眼前。在北京大学葱绿掩映的校园中,金铭的低调反而成了自信最有力的彰显。也许当一个特长生进入北京大学是金铭最聪明的选择。金铭是个幸运的童星,更是个成功的童星,今天让她津津乐道的话题可能更多的是北大的校园生活。金铭比同龄人成熟,对于别人乐于提起的"婉君","我不能说我体验得很深,但是至少我体验过皮毛,而且对于它我有一个直观的印象、直观的认识,我想在这种情况之下,我希望去选择另外一个我从来没有接触过的东西,对我来说完全是一个新鲜的东西!"

小婉君的那一滴泪水还在眼眶中打转的时候,金铭却在悄悄地长大。当年弱不经风的小"婉君"在报考大学的时候,只填写了一个北大,吓得妈妈都得了高血压。"在大家的印象之中,童星小时候给人的印象实在是

太深了，所以一时间，我们一旦长大，人们很难去接受。但是时间一长就好多了。我在学校头一、二个月里，他们看到我，觉得很吃惊，没事看到我举个饭盆去学校的食堂吃饭，都惊讶地说：'小婉君都大学毕业了……'后来，他们慢慢就习惯了。小婉君本来早就长大了……"

最近在北京电视台的节目中看见了金铭当主持人，她的采访如此熟练，似乎对这个行业的一切都那么的熟悉。同样从"童星"时代走过的关凌和蒋小涵也是这样的选择。他们今天的游刃有余是对童年时代的致敬，更是不断调整，与自己、与身边的一切达成和解。那些在他们小时候经常见面就捏他们脸蛋的叔叔阿姨如今成了他们的同行、同事，甚至成了合作伙伴，不知在大人们的心中，这些曾经的孩子算不算长大了，那一部使他们成名的著名作品在人生中又是怎样一种特别的体验？

没有人看到，成名在长大之前的他们，却要在后天跨越一条另类诡异的时光大河。因为这条时光大河里映照出的不是自己，而是一段被摄影机偷窥的记忆碎片。在这期六一特别节目中，我编辑了一个令自己很得意的片花：他们每个人童年的影像瞬间叠化成今天的容颜。瞬间出现的两张面孔让我"毛骨悚然"，是啊，被摄影机笼罩的童年总是因为不真实而有了一段无法言说的沧桑和悲凉……

我们的时代还在造就着童星，很多的漂亮宝贝被怀抱着上台，似乎懂得这里的与众不同。当我们消费了他们的童年，成长的代价交由谁来买单？看完了他们的故事，我却真的庆幸拥有"无知"的童年，开始欣赏自己那些简单的没有摆拍的照片。虽然我的童年没有什么辉煌的影像记录，但是那种无知简单的成长却成了人生中最值得珍惜的本色日子。

录完节目的时候，我有了这样一个念头，如果有一天我做了妈妈，我一定让我的孩子远离镜头，我会让他过一个可以"在雪地里撒野"的童年，让他肆无忌惮地成长，我想这是《艺术人生》赠予我的又一条忠告吧……

在懂得的年龄恰好懂得

绯闻女孩们,过的是"在别处"的生活,关于她们的未来,你和我统统都猜错了。在懂得的年龄恰好懂得,这样的思维境地也许只存在于我们看不到的"别处"。

2010年,北京电影学院96级毕业生已经毕业整整十年。赵薇、章子怡都是光荣的96级,因为和我同级的缘故,对她们有种特别的心理照顾,甚至内心中还有些许对她们的偏倚。在网络上,看见她们的新闻,哪怕是穿衣打扮的图片都要看看,人对自己的同龄人有种由衷的亲切,有时也是羡慕妒忌恨,看看人家,功成名就,还有工夫恋爱结婚,多金又美丽,拥有那么多女孩喜欢的东西,当明星真好!经过一番感慨之后,慢慢地转换成理性的分析,想想她们的难堪,分析出自己的优势,找到自己的价值点,之后觉得自己更好。比她们悠闲,比她们自由,还不用受名声之累,无非就是少几件漂亮衣服而已。然后欣慰地告诉自己:让我们一起组成一种多元的状态吧。

赵薇在2001年做客《艺术人生》节目,当时她还是被人熟知的活泼小燕子,穿着花兜兜似的抹胸上衣,离子烫的直发,精确地衬托出脸上的一双大眼睛。面对这位"岁数上算妹妹,但是心理上大一辈"的红女孩,中年男人朱军显然不习惯,总是呈现一种"没有办法"的局面,赵薇的任何

赵薇即兴弹琴

一次带着女孩不讲理似的娇嗔都是对主持人"致命"的打击。为了消除类似的"代沟",在节目策划会上,一个台湾的策划人出了这样的"馊主意":让主持人朱军上来就对赵薇说"看见你好烦,天天电视、报纸、杂志全是你",明里是抑,暗里是扬。面对朱哥哥的夸奖,女孩真是接招,笑嘻嘻地说:"添麻烦了,那你就别看了"。逗贫啊,男人是敌不过女孩的,女孩一撒娇,男人基本就只能束手就擒了。整个节目的录制过程充斥着中年人不理解的粉丝尖叫,朱军下来说:"我明白什么叫粉丝了,就是偶像说什么他们都觉得好。"

当时赵薇二十出头,刚刚从北京电影学院毕业一年,红遍中国。在2001年之后时隔一、二年,台里有次节目展播的机会,本想为了收视率重播偶像的节目,后来发现,偶像的节目是无法重播的,为什么?因为她们变化太快,经历的事情太多,一年后重播像是重播上辈子的事情,造型由于每次出场都是当下最炫的,也非常容易显得因为过时而雷人。原来,偶像有时就是一次性的新鲜,成为经典很难。也许是很多观众执拗,不喜欢在《艺术人生》背景下看到青春的张扬,以后的很长一段时间,没有年轻

徐静蕾现场书法

的女孩再次成为节目的主角。殊不知，这就好像唯一允许她们淡定的场所暂时关闭，而我们却只能在娱乐、绯闻和八卦中嗅到她们成长的信息。

　　章子怡更是一个传说式的人物，在为《梅兰芳》首映宣传做的节目中，章子怡姗姗来迟，因而被安排最后一个出场。那是距离同龄人赵薇做客节目已经过去8年之久，朱军与章子怡已经演变成了一位中年男子与一位熟女的对话。上台后，章子怡拥抱了陈凯歌，浅浅的和朱军握手，礼貌而矜持，为自己、为他人留着分寸和余地。那天她的穿着比台下的观众还要朴素，话说得风轻云淡，但那气度仿佛自己给自己打了一束追光，让目光集中在自己身上，不俏皮不撒娇，这是一个平等而职业的对话，章子怡完成着孟小冬的职责，如静水深流般，显示着独属于她的气场和坦荡。

　　后来的电影版"杜拉拉"女主角也是。

　　当年的徐静蕾因出演《将爱情进行到底》，青春玉女的形象家喻户晓，我们也借机做了她的节目。在诸多见报的文章中，我见到了这样一个题目《关于我的未来你们统统猜错》，至今印象深刻，不知是她自己的表达，还是记者精彩的提炼，觉得这是一个很酷的题目，带着一种任性的抬杠，拧着劲头把所有关于自己庸俗的猜想置之度外，后来结果果然应验了这句话，酷酷的北京女孩没有食言，率性的她成为"杜拉拉"或者其他时髦的话题，也敢于在COSMO的封面穿比基尼，爱谁谁的劲头。是啊，人该酷一点，酷就是一种豁达，豁达到永远不与"类型化"沾边！

类型化的明星模式、粉丝模式，其实非常容易在他人的猜测中应验，帅哥和美女的组合其实是这个时代最过传统的思维，反而是杨振宁和翁帆具有颠覆传统观念的婚配，才是极酷的呈现。我们八卦了他们形式感，却忽视了解放天性之后的豁达，他们倒是一直遵循着娱人的传统文化，而看客倒是经常不仗义的从心理上不买单，不知是不是为自己猜错了而赌气。

当然，"在别处"的人生总是烟笼云罩，再加上八卦时代的乌烟瘴气，总让我们难以跟上她们变化莫测的人生，绯闻女孩们穿着华服以惊人的速度和耐力活着，有时让我们看得羡慕不已，有时又让我们看得心惊胆战，她们就是一个个"在别处"生活的范本，让我们知晓和了解人生的其他一些可能。

绯闻女孩们，谢谢你们替我们"红"，替我们"抗"，谢谢你们将"素朴"和"平凡"的美名甩给我们的人生。

素颜底色

女人化妆是天经地义的事情,再挑剔的女导演也可以轻易理解女性嘉宾要求化妆的需要,哪怕缩短与其交流稿子的时间,也要保证那张脸成为电视节目中最精彩的一个镜头。如此的"被需要",也使得化妆师成为后台最受尊重的人。

录制人艺院长张和平那期节目的时候,北京的倒春寒还没有结束,阴冷阴冷的化妆间显得空落落的,说话都带着回音。濮存昕和宋丹丹几乎前后脚一起到达,比录制开始提前了约一个小时。为了给两人化妆,我们还特别多约了一个化妆师。濮存昕先进门,不见外的和认识的人打打招呼,留了长发的他飘飘然的样子,说是为下半年的新戏打算,见到化妆师的他客气而明确地表示:"我不化妆!"不一会儿,带着黑边眼镜、穿着很利索的宋丹丹进了门,短衣襟小打扮,牛仔裤上套了一个时尚的裤腿。看下半身完全是80后的打扮,上身的小棉服也很精致,头发就是常见的短发,不见打理也不显得乱。化妆师见状礼貌地请她入座,我们为她预留了足够的化妆时间。没想到丹丹姐一甩手,抄起牙签扎一块西瓜,潇洒地说:"我不化。"这一说,刚刚被濮存昕"拒绝"了化妆师异常失落,濮存昕来精神了,哈哈乐一声:"我不化,丹丹也不化,我们人艺都一个风格的。"乍一听以为是开玩笑,直到开场,两人果真坚持不化,绝对素颜,就这样上了现场的舞台。没想到,其实在台上,柔和的

素颜登场的宋丹丹

专业灯光照样可以将一张素颜的脸"描绘"得光彩熠熠,只是需要那张脸的主人要具有骨子里的自信,也就是现代人常说的"气场",气场这个东西可以掩盖一张没有打底的脸,又可以反衬出灵魂深处的光芒。

还有一位素颜上阵的女人,她就是徐帆。当时冯小刚首次做客节目时在现场突发心脏病,节目录到一半戛然而止,冯导病愈之后特别补录了一次。徐帆那天陪同前来,并没有准备上台,穿着白色的长裙背着双肩的书包,像个女大学生安静的在导播间看节目。节目进程中,冯导提到他家的"徐老师",朱军即兴就把并没有安排上台的徐帆拉上了舞台。记得那天我和徐帆站在导播间,朱军在台上说:"徐帆上来吧,我知道你在呢!"毫无准备的徐帆惊诧地看着我,说:"怎么办?真上台?"还没等我回答,她自己又嘟囔着:"我得赶紧过去,观众等着呢!"于是熟练的从阴暗的工作人员通道下楼,跳上了舞台,拥抱了自己的丈夫,又和朱军热情握手,然后笑着观众鞠躬。由于徐帆的好人缘,观众看见她就像看到自己家邻居新娶的儿媳妇一样,热烈鼓掌,脸上都带着灿烂的笑容,觉得今天来着了,看冯小刚的节目,搭一个徐帆,买一送一的感觉。

宾主落座后,冯导替她圆场道:"真不知道要叫她上来,也没化妆,嗨,

也不用化……"言语间还是冯氏独到的语气，徐帆顺势说着："化什么妆啊？"这样一个小小的意外环节给很多人留下了很深的印象。当时三十有余的徐帆坐在丈夫的身边，双手握着话筒，略带羞涩，就像是陪丈夫去赴朋友的饭局一般得体，徐帆的脸很干净，伴随着冯小刚的幽默笑得恰到好处，没有喧宾夺主的发言，也没有觉得"不化妆对不起观众"。那种陪伴很温暖，很亲切，那天他们俩都不像大明星，就是和和美美的一家人。

这么看来，敢素颜的反倒是奔中年的女人，而且是经了大事的。不化妆的脸映衬着豁达的心境，不是在镜头前装模作样地扮演亲和，而是演绎多少种人情过后直面真实自己的云淡风轻。

最近一个化妆师告诉我，前段时间参与了新版《红楼梦》的拍摄，谈及那些精挑细选的女孩的脸，化妆师说："她们的脸极易上妆，因为每张脸上都闪动着'胶原蛋白'的光泽！"说来真让人羡慕，但胶原蛋白终将会伴随生理老化而慢慢流逝，素颜的底色便会成为生活赋予的新的"蛋白"，生命中那些历练的痕迹都可以成为素颜的底色。无论光鲜舞台上的青衣名优，还是在超市里采购的家常主妇，每个女人都会以"素颜"的底色回归自己烟火气的世俗生活。

有时候，那些平底鞋、素颜、宽松的不掩赘肉衣着的女人让我们在 PS 的美女帅哥图景中找到了生活的把手，一拉开，看到生活的满盈，原谅了那些自然的规律，红颜老去不是悲剧，是生命的舒展，是生生不息的证明。

素颜登场的徐帆

给你点颜色看看

中央电视台的化妆师以女性居多，稍有年纪的化妆师都修炼的非常优雅，喜欢穿那些有设计感的衣服，素颜或点缀一样很有个性、可以引起话题的饰品。

她们总是在化妆间摆好了自己的化妆品，整齐而职业地等待着。无论多么大的腕儿，在他们的眼中，那就是一张需要修饰的脸。也许是天生的不完美，也许后天的沧桑，也许是需要应付那些比生活更强烈的灯光，那些眉眼之间的色彩就是他们的职责所在，并不在于他们曾经经历过什么，曾经饰演过谁。因此，对于很多人而言，化妆间是一个安全的地方，也是一个换了衣裳、也转换了角色的地方。只有与自己关系最直接的人才能进入，在这里，在熟悉而亲近的化妆师面前，她们可以自由的素颜，可以告诉她们自己的弱点，那些足已在八卦杂志上放大的特写镜头，在化妆师的手中不过就是工作的素材而已。

化妆师是一个安静的群体，她们喜欢素颜，有时觉得她们像大夫，话很少，问得句句关键，有时半天不说话，一说话吓人一跳。因为她可以透过你的皮肤，看见你的内心，善解人意地感受你心里最真挚的需要。

中央电视台的美容师和美发师有很多绝活。一是快，他们可以在最短的时间将一个"乱七八糟"的人收拾得晶莹剔透；二是巧手而细腻，他们

的化妆箱里带着很多零散的小工具,甚至可以在几分钟内给你改一件衣服,穿一条项链。在化妆师那里,你可以找到一切你需要的小零件,来弥补各种粗心大意带来的临时尴尬。

很多稍有年龄的女星,尽管在人群中,她们依旧是身材和容颜的佼佼者,但是,在摄像机和强大的灯光下,她们却失去了信心和依托,无论是那种叱咤风云的还是普通而平常的女人。节目组为她们安排一位高级的化妆师和一个充足的化妆时间,都是对她们一种极致尊重和宠爱。很多年龄稍长的女星都有固定的化妆师,这个化妆师也许不是最优秀的,但却是他们最信赖的,女星敢于在她们眼前暴露自己的缺点,而她们永远是可以保守秘密的人。

化妆师很职业,很少"八卦",保守身体上的秘密是一种职业道德,很多时候她们会给我们讲化妆室里的故事,但都是只讲事不讲人,尤其是在一个大型的化妆间,有时一个"天后"正在化妆,而那些刚刚出现的新人却在默默等候,"天后"和"天王"们开玩笑,新人们还要随声附和地笑,赞美她们,忽略自己。这个时候,只有化妆师平等地对待他们,对待那些同样需要化上信心的脸。

给男嘉宾化妆也很讲究,化妆师们首先要克服男嘉宾的羞涩。在化妆间,很多德高望重的专家学者摘下眼镜,紧闭着眼镜,像接受体检一样,化妆师一边为他们的沧桑打上一点底,一边笑呵呵地和他们聊天。之后,看看镜子,人变得精神了许多,像是睡足了觉一样。化妆有时候也是一种仪式,让我们变得更加自信。

当然,长年化妆的男性明星就不一样了,克服了心理上的障碍,朱军就是一位。王淑敏姐姐是节目组固定的化妆师,每次熟练地给朱军打好底后,就把一瓶发胶交

现场易碎

朱军要喷发胶了，我急忙拽张光北（左一为王淑敏）

到他手中，"徒弟"朱军按照王姐多年教授的方式自己打理头发，也没有什么技术和秘诀，就是使劲地喷发胶，趁着没干时候用吹风机定型。每次到了这个环节，王姐都要组织周围群众"疏散"，大喊一声："快闪开，朱军要喷发胶了"，于是周围人群立即散开。王姐总是笑眯眯地看着自己的"大徒弟"朱军熟练地完成这一切，之后说："不错，有进步，下回少喷点也能行，就算是公家的发胶咱也不能这么浪费啊！"好几次，朱军这一手还真派上用场，嘉宾一多，王姐忙不过来时，朱军就临时充当"小工"，"一般男性的脑袋他都能搞定，上回廖昌永那头就是他给吹的，还挺精神"，王姐非常满意徒弟的成绩。

在演员上场的许多瞬间，都会看见化妆师带着小粉盒和小工具追着演员在台口最后一次为他们修修补补，其实上场前扑的那一下粉是一次最佳的鼓励。

2008年，在一次抗震晚会开场前，我受命负责照顾要上台发言的灾区来宾，其中就有那个失去女儿的美丽女警花蒋敏。我领着她来到化妆间，请一位非常资深的化妆师帮她化妆。化妆师化得非常的仔细，尤其是眼妆。不一会儿，一个精致的容妆把经受了巨大磨难的她衬托得非常漂亮，那也

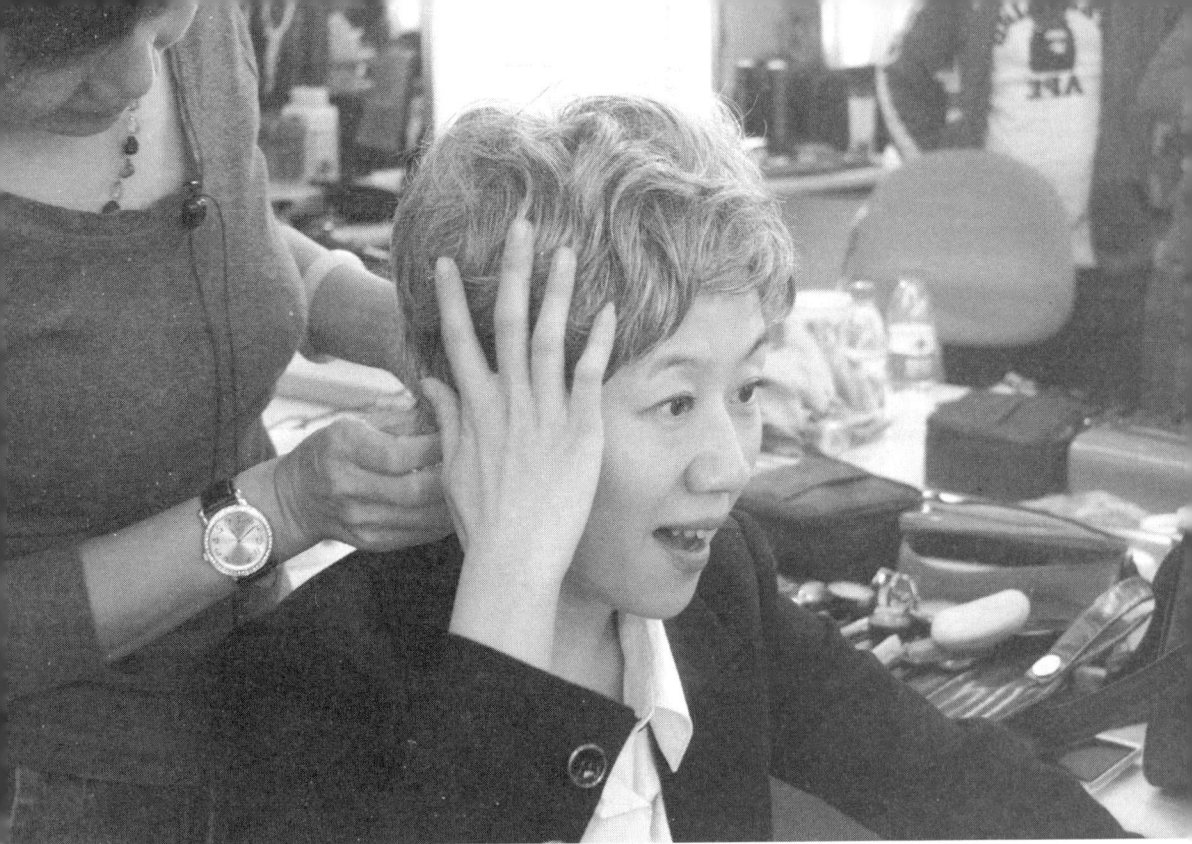

淑敏姐姐给我戴上一个假发，我和李明启老师找乐

是我第一次看见她露出笑容，之后化妆师姐姐悄悄地跟我说，"眼部的妆我都用了特别防水的化妆品，我知道一会儿上台她肯定忍不住，哭就哭吧，别让这么漂亮的姑娘上台花了妆，一会儿节目做完你带她找我，我给她一点专业的卸妆油，一般的卸不掉……"

在化妆师的眼中，化出美丽的妆容是她们的责任，无论是明星大腕，还是普通人，她们总以自己职业的价值观审美，让人平添一份敬佩。

化妆师还是那种特别务实、特别识人间烟火的女人，琳琅满目的化妆品广告唯一欺骗不了的人就是她们。她们深谙那些化妆品背后的玄机，对美容信仰的是那种纯自然的理念，当然也服从严酷的现实。那些拼了命找青春秘方的女人往往在化妆师处找不到安慰，她会把残酷的现实血淋淋地告诉你，并且把你花重金买来的化妆品一棍子打死。也有青春年少的讨要长春不老的秘方，也被姐姐们一棍子撅回，"好好睡觉，少化妆，高高兴兴的，就老的慢，相由心生……"总之，说的都是大实话，和广告大相径庭。

一次，台里的女孩围着资深的化妆师王姐，问明星有什么化妆保养的

秘诀,姐姐从包里拿着一个圆形的大盒子,比小时候的痱子粉盒子还大,包装像药膏,说:"某医院的秘方,一种擦脸油,30块一盒,全身都抹至少半年"。女孩子目瞪口呆,姐姐为了让大家相信,还列举了很多一线大腕的用户名单,"都是我推荐的,她们都用……"于是,大家纷纷派人团购,人手一大盒,确实滋润。抹了一段时间,都敢素颜上街了,原来,滋润一点,开心一点,就是化妆师告诉你的真理。

化妆师有时像一位心理医生,风尘仆仆的人看见他们突然会感到非常安静,有时候曲终人散了,遇到心情沮丧的工作人员,化妆师安慰她的方式就是请她坐在镜子前,给她化上一个精致的容妆,让一天的疲惫与不顺心在脂粉的香气中散去。有的时候,美丽的容颜是巨大的安慰剂,假如你可以带着一脸精致的容妆而不是蓬头垢面的疲惫下班,不也是一份难得的奢侈吗?

总有一种力量会造成现场

我们需要一个见面的地方，我们需要一个见面的理由，我们需要有人组织我们见面，我们需要在见面的时候被更多的人"公开的偷窥"。

我们需要看见当年的偶像们重逢，我们需要他们替我们在这里寻找一起失去的东西，我们需要看见美人迟暮，英雄末路，我们要知道他们还好吗。

我们没有时空隧道，但是我们有现场。

哪里是现场？

故人在哪里，哪里就是现场。

什么是现场？就是很多人在一起，很多人能在一起是一件珍贵事情。

在这样一个地方，黑洞洞没有窗户，开了很多炽热的灯，用木头或者各种塑料搭建的假设中，一群人围在一起，似乎是暂时离开了现实，通过超时空的隧道，回到过去，或者来到一个一个未知的内心世界。在这里，即使是天天来的工作人员，也总有那么一刹那的错觉，似乎在这里可以寻觅一个不同的自己。

灯光使世界明亮，暂时忘记了外面的日出日落，阴晴圆缺。有时也使心变得敞亮起来，回归或到达另外一个地方。很多人觉得这是一个"虚假"的地方，但是也有很多人说，只有在这里，我们才有机会在一起，这是一个超现实的地方。

我喜欢空空的现场

当我们内心深处需要一种忙碌的时候,我们就一直在忙碌,聚在一起成为一件需要耗费巨大"精神成本"的事情,之中,一次堵车、一个小小没完成的工作、一个不良的天气都可以使我们遣散心中对聚会的渴望,但是一旦到了这里,到了这个簇拥着自己过去和未来的地点,这里就成了我们的乐园。

当聚首与见面的一刹那,我们不能克制,看似老友的聚会,却发现那是一瞬间,自己与往事中的自己重逢。每个人的身上,都带着别人的回忆,在现场我们彼此交换,成全了自己。

很多人说,感谢你们,不是今天的机会,我们无法这样的相见……原来"现场"给了我们生活中没有的机会,给了我们超脱的借口。

我经常在录像开始之后,绕到帷幕的后面,整个演播现场被一圈黑色的帷幕包围,望过去真好像一个热气腾腾的巨大火锅:灯火,人声,掌声,欢笑声混杂在其中。此时,我就像是一个主妇站在自己精心煮炖的食物面前,可以闻得到浓烈的创意味道。

那是我吗?那是我们吗?还是超乎我们想象的自己?

现场是一个公开自己的地方,无数人隔着时空围观我们和他们,却恍如隔世。恍如隔世原本是一个很玄乎的词语,我很崇拜这个词,觉得这是一个背后冒着凉气的词,因为其中必定蕴含着一种死亡或轮回。而今,很短的时间亦能恍如隔世,当感情退却,那些回望的瞬间都成了恍如隔世的见证,我们曾经那么走过吗?倾诉时,仿佛是别人的经历,自己云游在一种状态之外。记忆宛如一场流水席,在现场,端起酒杯,只敬身边的人。

现场是神奇的地方,它给予冷漠的心灵一次温暖的解冻。其实相见也许是世间最容易的事,因为交通和通讯使一切尽在咫尺;相见也许是最难的事,因为生命中缺少这样的一种仪式,让我们对自己的过往肃然起敬,那些故人是我们生命的见证人。

很多人在现场突然泪流满面,尽管你在电视上看到觉得是假的,假如你亲身经历,你会知道是真的,在这样的现场我们不能自已。

走出这个现场,打开电话,很多未接,依旧要去面对堵车,未处理的焦虑和坏天气,刚刚发生的一幕,笑声或者眼泪仿佛梦幻一般不知是否存在过?曲终人散了,现场依旧在,等待着下一次的人潮涌动。

中戏表演系 87 班是名副其实的明星班,徐帆、胡军、何冰、陈小艺、江珊、王斑都出自这个班级,表演艺术家苏民是时任的表演老师,当年的班主任是时任中央电视台文艺中心主任的朱彤。录制进行时,这些在影视剧中经

中戏87班再聚首

常饰演对手戏的同班同学组成了一出精彩的人生大戏，当时的班主任朱彤由于正巧在央视工作，低调的不出席节目现场，录制到三巡之后，全班同学冲着二楼切换台的位置齐声大喊："朱老师！朱老师！"谁能经得住青春岁月的呼唤？

那场聚会，明星大腕们洗尽铅华，恰同学少年的一班人变成了恰同学中年。徐帆那天脚崴了，拄着拐赶来。他们今天不是明星大腕，而是班里的男生女生，还有那早生华发的师长，意味深长地坐在中央，二十年的情缘酝酿的美酒，今天一饮而尽。

录制时上半场拖场，是因为每个人都有言无不尽的话。第二场的嘉宾不仅遵守时间还提前到了一个小时，空政的几代人相隔的不再是时空距离，而是不到100米的距离。我临时调整了计划，让相见成为现实。

台上站满了一代人，休息室的老人在工作人员的搀扶下走了进来，忽然间，像是易燃物遇见了火苗，演播室里瞬间开了锅，主持人失去了话语权，舞台被空军占领，机位和讯道被拥抱握手的人群挡住。每每这时，失控的现场都成了最动人的场面，不知道那些熟悉与陌生的面孔相拥之间发生了怎样的故事，也许就是当年的一段相处触动了什么，人心在现场打开。

王学圻和空政老友击掌

空政电视艺术中心和《艺术人生》剧组

《让世界充满爱》再聚首。中间的王昆多年前就站在中间，今天仍旧是。在他们心中，那是她永远的位置。这中间的人有的陌生了，有的疏远了，有的仍旧在坚持，在当年的海报前。我们可以看见当时的激情，相片上的人那挽着的手是对那首歌最深情的留恋。

现场易碎

聚在一起是一件幸福的事,我和我06级的学生们,我是他们的班主任

大师与小四

最近的一期节目很混搭，两位嘉宾都与 80 有关：一位是 80 岁高龄的大师——画家黄永玉，一位是 80 后的"小四"——青年作家郭敬明。

节目的录制现场就在黄大师北京郊区的家中——大名鼎鼎的万荷堂。

到黄永玉先生的万荷堂拜访仿佛是去旅游，一行人浩浩荡荡，其间还有自己人的家属混杂在里面。路很远，万和堂坐落在一片有树林的村庄里，远离城市却一点也不荒凉。路边是整齐的玉米地，也零星种着几株向日葵。走进万和堂，这里的院子很多，其中也有精心设计的小路和庭院，满是中国味道，不像一般的别墅那样刻意西化。院子里有一个黄老的雕塑，画室里面挂着一幅巨画，有一面墙的高度，满眼是鲜艳的色彩，是黄老送给荣宝斋的作品，还没有完成。画前放着一架梯子，黄老自己做着随意升降的梯子爬上去描绘，不允许任何人的搀扶和保护。画下面就是巨大的整块红木书案，据说非常珍贵难得。书案上摆满了各种颜料和工具，画具堆砌在一起总是显得凌乱，但是那些用到一半的颜色似乎有着灵性，湿润的按照色系排列着，与不远处墙上的画交相辉映，似乎每个颜色都有着自己未来的命运，将会是黄老笔下一朵荷花或枝叶，生机勃勃的等待。

我们绕过巨大的书案，以巨画为背景摆上我们的机器设备，老人并不在意，坐在一旁看着我们忙碌，不帮忙也不干涉，似乎早已习惯了这样的情景。

合影时,摄影师玩酷,黑白胶片拍的,可惜后面黄老为荣宝斋画的画少有的鲜艳,是精神世界里面的色彩

趁着技术准备的时间,黄老带我们到后院玩。著名的万荷堂边上有一个小戏台,据说名角朋友曾经在这里演唱,就是黄老的中式 PARTY。围绕着荷塘是一周的回廊,漫步其中,立即觉得房地产广告中那些千万、亿万的"豪宅"都相形见绌,那些为了占地和卖钱而造作的花朵,见了这里盛开着的生机勃勃的荷花,一定觉得无地自容。拐角处的水塘有两只大鹅,肆无忌惮地大叫吓了我们一跳,黄老温和看了一眼,似乎是关照自己家淘气的孩子。

复式住所里的木头据说都是从巴西运来的,运费价格不菲。一楼设计成了"新古典主义"的风格,每个小摆设都是黄老自己的作品,很多价值连城,但却随意摆放着。

住所的门口停着几辆令人眼睛一亮的"跑车",一看就知不只是偶然代步,更是珍品收藏。要是耄耋之年的黄老亲自驾驶,恐怕别有一番风景。光看着红木和跑车,就知道黄老的品位了。

来到另外一间会客的房间,两只喂养肥硕的猫正熟练地"飞檐走壁",

互相追逐,像是港战片里的追杀,不亦乐乎。一看黄老进门,争相沿着屋子里的柱子窜进他的怀抱,丝毫不在乎周围的生人。黄老一见猫咪,更显得慈祥,边和我们说话,边抚摸着大猫,刚才上蹿下跳的猫现在爬在腿上,享受爱抚……

黄老手里总拿着烟斗,时不时地抽上一口,烟斗就像是长在老人手中一般,连在自己的雕塑中也不忘记加上。很多人抽烟斗显得优雅,而黄老抽烟斗却显得很自然。老人走路很利索,饶有兴趣地带我们参观,对于大家的惊讶和赞美,似乎已经听得没有了感觉。

与黄大师的从容形成鲜明对比的是,见多识广的郭敬明一直非常紧张,他似乎无心看风景,只是攥着那些准备好的文案不停地念叨,并反复问我:"万一黄老讨厌我怎么办?"谁知当郭敬明拿着自己的书小心翼翼地送给老人,黄大师却给足了这位年轻人面子:"我可知道你啊,你可真有名啊,书

一个认真备稿,一个泰然自若

写的那么多人看，我还没有看过，那么多年轻人喜欢看你的书，这样很好呀，不要在乎我们这样的人喜欢或不喜欢。"

谈话地点就是那副巨大的画前，黄老选择坐在自己习惯的椅子上，依旧拿着烟斗，虽然没有点燃，却也成了一种个性化的标志。两代人在这里展开了一场对话，他们谈到了少年成名，谈到了怎么在争议中坚持自我，谈到了怎么在很年轻时就赚到巨大的财富，谈到了怎么面对自己的对手……"单向"的谈话变成了一种跨代的互动，郭敬明开始不紧张了，黄老也越来越失去了年龄的羁绊，以自己鲜活的个性去碰撞另外一个有个性的生命。黄老谈性大增，原计划的采访时间一再延续，谈到最后，他主动书写了一幅字将它慷慨地送给了郭敬明。

节目组的众人一起来欣赏大师的作品，那幅作品分明像字又像画，但充盈其中的是那种不变的"自在"。

堪破，放下，才可以自在，老人果真到了一种自在的境界。其实黄老一直不回避自己的富有，也没有粉饰自己的朴素，而且不介意自己的张扬。每一个来这里参观的人都有一种艳羡，这里不是那种一般意义的世外桃源，而是一个入世却也出世的地方，现在建筑的生活中有商业营造的舒适，少了这样随意的品质。这样的生活，一般人是承受不起的，不仅仅是承受不起那些物质，更承受不起或者说享受不起那种精神意境。相信黄老眼中，里面的每一个物件都是有生命和新意的，或者在常年的积淀中营造出什么。面对大师丰富的物质和精神世界，通过我们的采访，更是借由他和一位80后生人的跨界对话，带给了我们暖融融的感觉，相信彼此的内心都因为有了新的发现而感到畅快。

回去的路上，我们都格外轻松，看见路边盛开的向日葵，面向着太阳的方向，很鲜艳。

80 后的革命

　　80 后们说:"无所谓,我们被批评惯了,发明这个词的人就没有想表扬我们,谁被表扬了,会非常沮丧,我怎么遭到表扬了?难道是 OUT 了?"

　　对 80 后的批判是一场全民的"运动"。《奋斗》播出后,《温暖 2007》请来了导演赵宝刚,这个资深的"大人"深受 80 后的崇拜,像个包庇学生睡懒觉的班主任。赵宝刚的讲述给人们看到了一个完整的过程,一场逗贫折射出了什么,没有大段故事,故事天天时时发生,现在就是 ING,正直播,ONAIR。

　　80 后是浮躁时代的牺牲品,那些"大人"都以为吃饱了穿暖了的人生特别容易,但 80 后的想法却是"我还觉得他们容易呢,我们被说皮实了。"

　　有个 80 后明星对我说:"我像是在文化大革命中,天天被人拉出来游街批斗,以前不明白父辈言必称'文革的恶果',现在知道了,我成了新时代的'反革命',头戴大高帽,脖子上挂着牌子,写着'坏分子',大家往我身上扔臭鸡蛋。"

　　唯一不同的事,受批斗是有劳务费的,还不少。

　　我开心吗?

　　但是我想着想着就想开了,等着命运给我平反吧。有时想问问父辈,换了你,会去跳楼吗?我们不用那么麻烦,关上电视,电脑,不看报纸杂志就 OK 了。

80后，苦难被重新定义和诠释，郭兰英童年要饭的经历让同代人潸然泪下，赵宝刚在首钢抡大锤的经历坚韧而励志。

黄晓明（出生于77年，77后的被称谓准80后）在一次采访中对我说："我赶上了翻拍的时代，《上海滩》得罪了发哥迷，《唐伯虎点秋香》得罪了周星驰迷，五天不能睡觉地赶戏，直到抑郁了。被痛骂？大家开始说我身高、体重、下巴、鼻子都是假的。"黄晓明说着，狠狠地杵自己鼻子，然后向我扮了个鬼脸，迅速恢复正常的面部扎实地证明了，他没有整容。

"我可以说说关于我的'绯闻'吗？不是澄清吗，就是说说现象。"

深夜在录制了《爱电影》之后，在科影的棚里，和我对坐的黄晓明向我询问。我想了想，对他说："那就说说吧。要是说你炒作怎么办？"

"我们没有苦难，但是我有'绯闻'，人们不会给绯闻掌声。"黄晓明说完的瞬间，大家失落地陷入了沉默。经纪人姐姐开始抱不平，"我不知该向着谁，向着明星，还是向着媒体？向着观众，还是向着所谓的真相？最后我决定，我向着年龄，我们勾兑一下生辰八字和学籍，正好毕业十年，奋斗十年，至少，我们这个点都没回家，都没有睡觉，而我们的努力就是改

黄晓明在后台非常听话，我就像小学老师

天荧屏上的一笑而过,说我们容易的人都打呼噜呢!"

作为"十年"特别节目嘉宾,黄晓明出现在后半场。前半场的嘉宾是李谷一,一个可爱的老顽童。黄晓明出场后,我在后台接到了众多观众来电,"节目怎么了?播错了吧?怎么李谷一之后换黄晓明了,《艺术人生》改版了,还是编辑糊涂了?"更有甚者,说"李谷一是黄晓明的亲妈,娘俩一起上……"

其实都不是,每个人都有资格有个"十年",每个人过了十年都不容易,80后至少应该有平等的发言权。

我曾经想,假如在战争年代,今天的80后还是否拥有董存瑞、黄继光的勇气,刘胡兰、江姐的坚毅?在建设年代,是否有雷锋、王进喜的执著?也许有,偶像们人性中有种巨大的力量,可以在必要的时候激发,与爱什么无关,如同《风声》中顾晓梦,可以锦衣玉食,浓妆艳抹,点上一只烟,但到了危机时刻,却美丽而骄傲地践行信仰。

每个时代都可以以自己方式悲壮,物质不是唯一的标准。

80后们在流言蜚语中成长,出生到成长都要先摘掉自己"不靠谱"的帽子,耳濡目染中,80后假如以明星代言,廉价的表扬产生的反作用力成了浅薄的证据,粉丝的尖叫渲染了气氛,被冤枉,懒得解释,就这么80后吧,就像生在战乱中一样,先认了再说。

大人们偶尔会表扬80后,但批评是他们的常态。对于这些批评,很少有80后的人会解释,这不是传说中的宠辱不惊吧?

等到80后80岁的那年,也许他们会对观众说:"我们一出生就被认为垮掉了,曾经有一天,几万人同时冤枉我、骂我,我挺住了,还高高兴兴的活了下来。"那时的谈话现场会是掌声如雷吧?

在《温暖2009》的幕后,刘谦对董卿说:"我很纠结于那些关于我的谣传,我解释就说我

我和刘谦

李云迪也是做客《艺术人生》少有的 80 后嘉宾

是在炒作,我不解释就证明我承认了事实,我自己纠结,纠结时心里是不安的,"是啊,那种不安一定会被不小心理解成"做贼心虚",活得累而不轻松。春晚时,刘谦是最紧张的演员,舞台有时如刑场一般,上去时仿佛签了生死协议一样。正月十五的颁奖晚会上,赵本山、徐沛东、宋祖英等一干大腕给刘谦捧场,羡煞其他的演员,万亿的眼光聚焦在一瞬间,魔术不神奇,终究是假的,下来之后,刘谦的手心里是一把汗,网络上一派嘲笑,纷纷解密,恰巧,电视里播出刘谦代言的抽油烟机的广告,双手抱球之后,一缕浓烟消散,一个诡异的眼神,演示了自己的焦虑……

不知道 80 后这样的长大靠不靠谱,在极度的宠爱中长大,又在急速中接受现实的落差,就像开水放进冰箱,看看你是否挺得住这冰火两重天,不知 80 后老了,怎么对待孙子辈的 2040 后,没有忆苦思甜的故事了,没有惊天地泣鬼神的惊涛骇浪了,拿什么拯救自己的未来?

给 80 后们以及马上出场的 90 后留点余地吧,他们将体验那些与个体无关的隐痛,他们还有未知的中年,叵测的老年,紧接着他们还要为接下来的几个时代买单呢。

最好的年华

"温暖"是一个不具体的词汇,我们用它解读成人生箴言,填补在岁末时分。电视台制作节目的台前幕后已经不是什么稀罕的事情,忙碌、焦躁、夜半醒来仿佛依旧在演播室。这样的日子我已经过了十年,在这座淡蓝色的楼里,这样的资历浅薄得不值得一提,突然听见濮存昕说:"其实我们享受舞台上的时光,那不是职业……"弦乐响起,突然心里一片豁达,看看台上,灯光熠熠,原来我们一起共度着最好的时光。

策划"温暖2009"是11月的事情,不,应该说是7年前的事。每年岁末都有一段挑灯夜战的岁月,借机也回味一下难得的一年。我喜欢灿烂的舞台,喜欢闪亮的登场,喜欢大方而明朗的表达,喜欢洗尽铅华之后的那种坦然的境地。还好,职业给了我良机,近水楼台,明月高悬,辛苦又有何妨?

记得我们第一个定下来的嘉宾是是张继钢将军,这位被下属称为首长的艺术家,晚上很晚约见了我们,依旧在北京西边某小区那个高悬着"祖国利益高于一切"的工作室,依旧淡定地坐在那里。听我们描述节目的细枝末节,张将军是一个善于接受挑战的人,我生怕我们节目的创意不能包容下他饱满而丰盈的2009,不能和奥运会以及《复兴之路》的宏大叙事相媲美。因为我们的演播室没有鸟巢和人民大会堂的气势,只有一盏纸质而

我和张继钢将军

低调的红灯,写着"歌唱",张将军将他点燃,白岩松不张扬地问:"这是您最好的年华吗?"他上场前的军礼敬得很慢,也许抬手之间,就是回答。之后,他耐心的在化妆间抽烟,等待着我们放行的"命令",下属拉开车门的恭敬是张将军的威严,而他临行前的那声"谢谢"与躬身一笑的握手又是一个艺术家的低调淡定与亲和。在节目中我们总是可以看见了这样表情……

录制的前一天下午,素颜的董卿爬上六楼犄角旮旯的会议室,她看了文案,被杨宪益和戴乃迭的爱情深深打动。第二天在演播室,她一气呵成地讲述了一个完整而凄美的爱情故事,仿佛自己亲历一般。节目中,她与素昧平生的仙逝老人心有灵犀,点燃思念之灯后,那虔诚的表情是对天上和天下爱情的祈福。

这是我们第一次在温暖特别节目中与董卿合作,她心无旁骛的平静让我们平添了几分信心,董卿是何其认真的人,一夜之间,熟读了所有资料,恍如亲身经历,低调而素雅的灰色西服显出了知性,比熠熠生辉的礼服更闪亮,让人不禁认为她是明星。

录制前夜 11 点,我超速开车从大兴录制现场回办公室,刚刚下了直播

坐在简陋的监视器前,眼前却是满目的繁华。100 分钟里,是许多人最好的年华

开场之前的放松

仰望星空

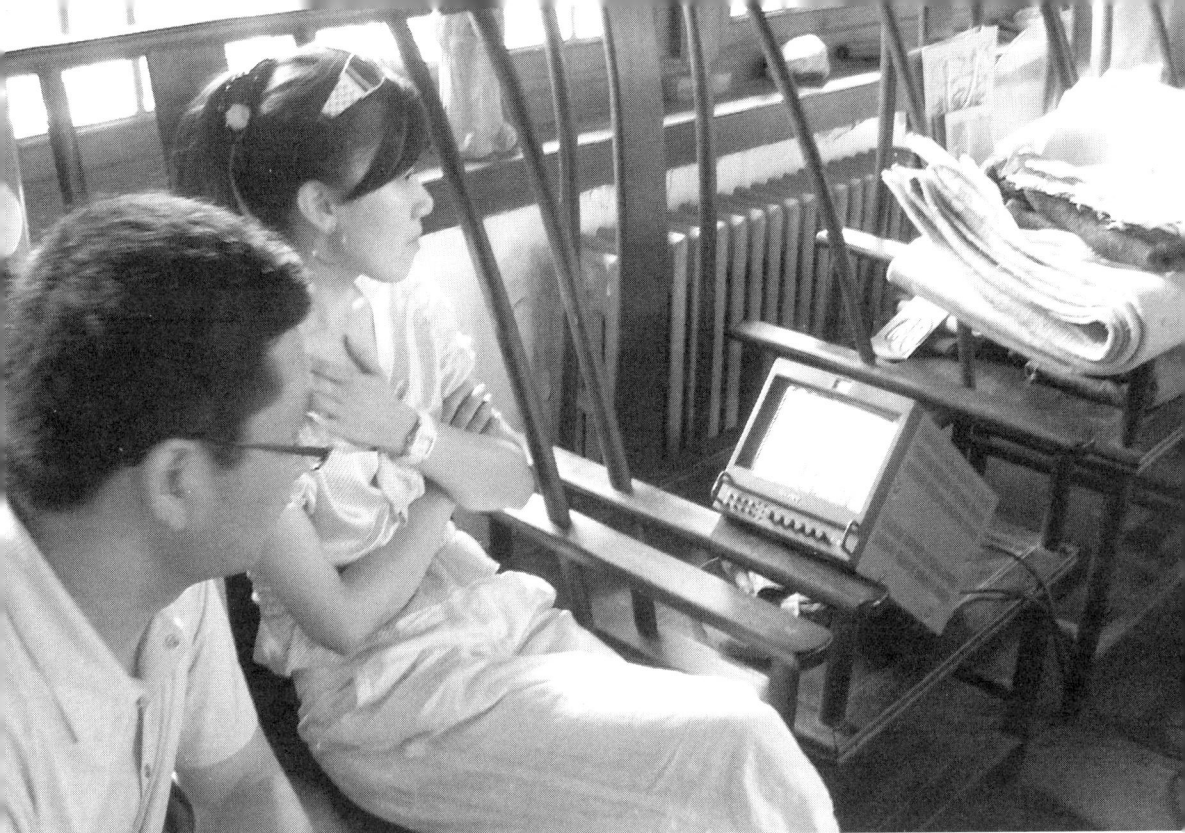
监视器的内外，都是最好的年华

的白岩松已经坐在那里。想想看,在一个楼里上班,上次见面却是去年的《艺术人生》之温暖节目。从 2004 年开始,白岩松就成了"温暖"的常客,为了履行这个一年一度的约会,白岩松在澳门回归的直播刚刚结束 10 分钟内就来到我们"温暖"的办公室,我们款待他的就是一纸杯白开水,而他却讲述了自己集结一整年的温暖。

第二天,化妆间高朋满座,演播室 550 名慕名观众喜笑颜开地登场。灯光渐起,演播室被一场语言的饕餮盛宴盛满。开始处,一场被孟卫东老师深夜改编的《今夜无人入睡》由 74 名武警文工团的小伙子倾情演唱,浑厚的声音顿时化解了喧嚣,66 个代表年度心情的语汇被静静地点燃。我们在紧张和荒忙之余,在劳顿与疲惫之中监视节目的进程,心中默念着一种感动,温暖就是这样的吧。

播出的前一个晚上,主管节目的郎昆主任审看节目播出带一直到晚上 9 点多,我和制片人王峥在一边陪同。大家的脸上都露着浅浅的笑意,不像是例行公事的节目审阅,倒像是心灵的聚会,伴随着屏幕内外深深的友情和默契,100 分钟里,记录着所有人最好的年华……

以自己的方式表达

李安是一个温和而勇敢的人，他的电影作品喜欢不动声色地让观众看人生真谛。没成想，当我有机会与这位世界级大导演交手，竟然是任由我导演了一幕幕"惊天动地"的"抢李安记"，而他温婉地配合了一位勇敢的CCTV导演。

那年他的一本书《十年一觉电影梦》问世，借这本书的契机，我费劲心思把李安"抢"到了录制现场，24小时的折腾，我经历了一个观众看不见的焦急过程。

第一天傍晚，我在位于八大处的亚视《鲁豫有约》现场见到了负责安排李安行程的人员，《鲁豫有约》的工作人员正在和他们吵架，原因是由于他们安排的行程太紧张，直接的后果就是导致在录制没有结束时李安就要离开现场，赶动车去天津，参加第二天上午和中午在天津的相关活动。这样，留给我们节目的安排是：明天下午李安再从天津赶回北京录制我的节目。

此时，李安正在和鲁豫聊天，观众听得津津有味，掌声不断。

经过争吵无效，负责行程的女孩子转而求助于站在一边保持中立的我，本来我是来和李安导演先期沟通节目方案的，看这个架势，我也为明天的行程是否顺利捏着一把汗。也许是不熟悉北京交通的状态或者不了解谈话节目的随机性,他们的时间安排是按照"理想的电脑"设计安排,中间没有任何喘息的机会,一旦堵车或稍有意外,一切的行程都会改变。看着眼前的一切,我基本上暂时放弃了一个导演应有的那种文雅气质,转而成了斤斤计较的协调人。无论如何,我要保护李安导演在《艺术人生》演播室应该停留两个半小时。

吵架无果。

那就不吵了,先解决问题。

《鲁豫有约》录制顺利结束后已经是北京最堵车的钟点,面对一个小时要从西北五环到位于市中心的火车站,还有解决进站检票上车等问题,简直是天方夜谭。负责行程的小姑娘也慌了神,到不了天津,明天一切就会泡汤。当我问及明天下午行程的时候,她们带着半求助、半商榷、半威胁的口气希望我可以先行帮助他们解决眼前的问题。想到假如他们晚到,明天日程必将改变,我们明天下午的录制也将有取消的可能。于是,尽管带着对负责人的怨气和不满,但本着帮人就是帮自己的信念,我以明天一点半必须回到北京为条件,答应帮助协调。

此时的李安仍旧坐在一边,微笑着说谢谢。

在审慎的思考后,我经过精确时间的计算,只要找到一辆可以直接开进站台的车就能解决这个问题。于是一通乱打电话,办公室立刻紧急动员,动用台里关系来安排协调已经来不及,正巧一位在组里实习的女孩父亲是某市驻京办的领导,他们驻京办有辆车可以开进站台,紧急调配,好话说尽之后,那辆车开始往中央电视台方向开,我们也绕着五环出发,准备在我们的办公室集合,将李安换到驻京办的车上,然后直奔火车站。在车上,李安疲惫不堪,看见陌生的我在不停地打各种协调的电话,还以为我是火车站的负责人呢,当我报出自己身份,说是中央电视台的导演,是明天合作对象,今天是义务帮忙的时候,李安特意转身向我致谢,我还开玩笑的说,"导演不用谢谢我,希望你明天在我们节目好好说就可以了!"

路上,我打电话到栏目组,请制片人帮助安排为一天滴水未进的李安导演定点饭菜,在我精准的计算中,两车交接换位时应该有10分钟时间,我仅仅是想让李安下来喝口粥再走,这是一个冒险的行为,但是我希望我可以周到一点。

　　当听说传说中的李安一会儿要到达我们那破旧的办公室时，全体人都炸锅了，多少粉丝影迷看着李安电影长大，一个传说中几乎被神话的人物突然要到办公室休息片刻，吃点盒饭、喝碗粥，简直不可思议。我们全组人就像迎接一个要赶火车的亲戚一样，等着送李安，也许没有想到，和自己崇拜的导演是在这样一个机遇下见面的。

　　天已擦黑，办公室迅速准备，凌乱的会议室刹那间整齐，装着剩饭的餐盒被整齐地摆在会议室，大家站在门口等待偶像的到来。

　　此时，我在车上和李安导演已经相谈甚欢，事前准备的关于电影的高深话题被这一场焦灼的行程搞得全然消失，我只是透过已经黑漆漆的窗户给他讲北京的堵车，五环的遥远，攀谈着家常的话题，甚至还讲我是哪个中学毕业的。显然，他对我老北京的身份很好奇，暂时忘却了行程的焦虑。

　　随行的人都听从我的安排，但是对于我坚持要让李安到办公室休息10分钟并吃饭的决定坚决反对。我据理力争，扬言万一赶不上火车，我连夜把李安送到天津。于是，在激烈的争辩之后，一切按照我的安排。当车到达办公室楼下的时候，我和李安俨然熟识起来。

　　李安问我这是去哪里？

　　我说，去我们的办公室，体验生活，顺便喝粥。

　　李安还是笑笑服从安排，想想在奥斯卡红地毯上的国际导演，全然淡化在随和的微笑中，与那些经典影像非常的隔世和疏离。

　　此时，办公室门口站满了节目组的人，

　　有个热爱电影的实习生，今天第一天来剧组实习，被安排做的第一件事就是给李安买粥，激动得差点哭了。

　　不一会儿，大家见到一件朴素格子衬衣的李安腼腆地走进楼道，大家立刻热烈地鼓掌，李安不好意思和大家握手，羞涩地看着我，我搀扶着李安并迅速将他塞进办公室，命令似的说："导演，给你10分钟，请把这些吃了！"

　　于是，为了不让大家打扰李安，我们没有任何关于节目的沟通，李安顺从的被关在《艺术人生》的会议室吃饭，一位同事正好采访回来，大大咧咧的像往常一样推开会议室，边嚷着："还有吃的吗？饿死了"。话音刚落，眼前竟然看见了李安静静地坐在这里喝粥。李安礼貌地看着她，轻轻地说："不好意思，不好意思，占你地了，我一会就走……"

现场易碎

李安在办公室喝粥,王峥激动伺候着,为自己偶像服务一下也值得

我们终于在忙乱之中抢了一张合影

"李安?"她尖叫着冲出去,"李安怎么在我们办公室吃盒饭啊?",一阵惊讶之后,隔壁响起了长久的笑声。10分钟后,李安微笑着来到隔壁,主动提出和栏目组的同事合影以示感谢,于是大家连忙加塞排队。那天著名的评论人石述思正好在组里开会,遇到了"李安的喝粥"事件,也凑来合影。大家非常激动,但是保持着良好的职业理性,1分钟后,李安登上了那辆驻京办的车,风驰电掣地驶向北京站,留下剧组小朋友们继续回味……

好事多磨,由于当时的疏忽,李安一个重要的公文包落在我乘坐的另外一辆车上,这辆不能开进站台。电话沟通后,我二话没说拎着大包就往站台里跑,人群熙攘的北京站对我来说就像迷宫一样找不到北。那天我穿着7厘米的高跟鞋,抱着那个沉得可以砸死人的包,飞奔着往站台跑,充分体会到大包小包赶火车的艰辛,一步没走稳,重重的被检票口的门槛绊倒,顿时,左边的大腿就像失去了知觉一样,还引来了周围群众的围观,但是我以惊人的速度爬起来继续跑,顾不得别人的嘲笑和惊奇。终于,在汽笛拉响,列车员都上车的瞬间,我把东西和李安一起送上了车,并对他大声地说:"导演明天见!"

在喘息的时候，我发现自己左腿从大腿到膝盖之间都是青紫色。回到车里还没坐稳，电话响起，李安随行人员的电话号码，"听说你摔了一下，不要紧吧？"话筒里传来了李安的声音。

当夜很晚，我一直不踏实，生怕安排行程的单位再出什么娄子，我满脑子想到的都是确保李安在节目中呆两个小时，有的时候，一个客观的失误将留下一个永久的遗憾。果然，深夜，我又接到了安排行程的人员电话，"忘恩负义"地说："李安明天还是不能如期回京，要到三点，而且晚上六点的飞机，加上路上时间，实际录制时间不到一小时"。听罢，我大怒，觉得自己被欺骗了一般（此事与李安无关，纯属工作人员安排不合理）。于是在电话中愤怒地大嚷，夜里四点，我气得睡不着，拉开窗帘，看见满天大雾，想象一下，京津塘高速恐怕已经封路了，否则我真想连夜冲到天津将李安抢回来，抢回我录制节目的时间。

有的时候，我被客观的险恶逼迫得非常偏执，一向善解人意的我，突然较劲似的有种不达目的不罢休的劲头。其实，即使节目没有如期录制，没有任何人会批评我，嘲笑我，我也不承担什么责任。但是，一瞬间，我偏执得无以伦比，也许，仅仅是因为我曾经非常喜欢看李安的电影，仅仅是用自己的方式表达我对电影的喜爱和支持。于是，夜里四点我愤怒的群发信息给我所有的同事，希望她们支持并配合我的"抢李安计划"，没有想到的是，四点发的信息，不到半分钟，竟然都有了回复，有出主意的，有支持的。顿时我也感到了莫大欣慰，至少团队和同事是和你在一起的。

第二天，在我几近"疯狂的电话威逼利诱轰炸下"，李安终于在两点钟下了火车，还是驻京办的朋友帮忙进站接他到了演播室，经过一天的折腾，李安也是疲惫不堪，见面后，我要求李安在车上小睡一刻钟，之后简单的和他讲述了我们录制计划。李安会意地点头，其实他对主办方如此安排也是充满了情绪和不满，但是，既然已经签好合约，李安还是温婉地执行，没有抱怨，只是轻轻地对我说，中央电视台的人最好，热情、讲理，还有不住的谢谢。

到了演播室，观众已经久等了一个多小时，却没有人介意，我的同事已经和观众简要讲述了导演紧密的日程，李安一到，直接进演播室，立即响起了热烈的掌声，温暖的现场让导演暂时忘记了一路的不顺和疲惫，站

现场易碎

在旁边的我都快哭了,和杜拉拉完成装修大概是一个心情吧。

大家真挚的交谈成为节目经典的回忆。下午四点多了,已经又到了堵车和必须离开的时间,尽管台上谈性正欢,观众意犹未尽,作为导演,我也希望尽量多录一些。但是,我知道,下面的行程一旦耽误,李安就要在不知情的情况下遭到外人的指责,下一档节目的导演不一定会像我一样帮忙和理解了,节目重要,诚信更重要吧。于是,我站在台口疯狂的给朱军举表,示意时间到。边上的观众愤怒地看着我,觉得我打扰了他们与李安相处的美好时间。

朱军在我近乎逼迫的催促中结束采访,制片一声令下,观众原地不动,让出一条通道,护着李安上了车,观众仍旧以掌声送行,本想围上来合影的观众知道李安赶时间,都礼貌地鼓掌,大声地说再见,李安在一种意犹未尽的谈话中,回头将手高举头顶给观众作揖致谢。

祸不单行,直奔机场的路上,五环出现百年不遇的交通事故,堵在路上一动不动,司机还是新手,开得生分,我在后座上碍于李安的面子不好发作,当时真是气急败坏,有种想大骂司机的感觉,没有谁理解我那时的焦虑暴躁。昨天的焦急是为了不耽误自己的节目,今天的焦急是我愿意在这次的合作中履行应有的承诺。

于是,又是一番电话和同事协调折腾登机的事情,还好,先期到达的同事将自己在机场工作的七大姑八大姨都调动了,联系机场的VIP通道,从一个特殊的地方直接上飞机。在即将下车的瞬间,我终于拿出了在包里揣着的那本书,买李安这本书的时候,我并不知道也许会有机会采访他,在即将合作结束时,我把它递给了李安,李安会意地说:"你自己已经买了啊,谢谢。"微笑着在上面写道"马宁,感谢你的照顾"(你是女字旁的那个你,内地已经不这么写了,李安很执著的这么写)。用双手捧着送给我,非常的正式。

没有时间寒暄,简单的道谢后,离飞机起飞还有8分钟的时间,李安被机场的工作人员带到了一个拐弯抹角的通道,一个小门里有一个小型的安检机,走过这小门就直接是飞机的廊桥。安检时,我们被挡在玻璃门外,像是送一个家里的亲人,看着他们一行人办好了手续。

5分钟后飞机就起飞了,那时候已经筋疲力尽的我,也问自己究竟在做

什么？不就是一期节目嘛，假如因故没有录制，我不过是说上几句主办单位坏话就可以不担责任。剧组的人都问，"马宁怎么了，这么较劲干什么？"今天假如耽误飞机，但节目已经录完，后事不归我管。但是，我依然尽力完成自己的职责和承诺，弄得全体同事以及同事的朋友，连实习生的父亲都跟着我折腾，我也有一些不好意思。中间的问题出在什么地方，出在谁的身上我并不想去追究，我只是完成了一个职业的过程，有点"杜拉拉"，我希望对得起李安曾经在电影中那些诚意的镜头。

后来想起，都当成是笑谈，也许只有一个简单的道理：我以自己的方式表达对一个人的尊重和对于自己职业的尊重，电视电影都是人间最费劲不讨好的职业之一，李安也曾经以自己的方尊重了电影，我们亦还礼吧，至于得罪、麻烦、打扰的人们，我说抱歉以及谢谢！

上流心态

我们总是去期待一个皆大欢喜的结果,更乐意用繁冗熬人的过程换一个好结果,因为结果就是瞬间的一个点,绽放一下就剩下一堆碎纸屑,那个过程却漫长成许久,甚至是一辈子。有人经历之后幡然醒悟,有人却一直把控着一种平稳的状态,那种把持也是难得的平衡。

一个一生做着一份工作的人,在一场隆重的晚宴中退休,得到光荣退休的锦旗和年轻人的集体鞠躬。之后,以节目的名义,我们悄悄地见到了她。她也许是全中国最低调的人,悄无声息地在每家的客厅"呆"了半辈子,忽然,一条短暂的新闻报道,伴随着她获得的职业生涯中第一个金话筒,她的身影就彻底从电视上退隐了。

与她面对面,我们看不见台上的光泽和台下的落寞,只有淡淡的清闲与淡定,她说:"我终于可以做自己的事情了。"当我们刻意低调的时候,却见识到了真正的低调。

她就是邢质斌,一个在《新闻联播》中播音半辈子的人,虽然网上对她的关注和搜索寥寥无几,但在她的身上却浓缩了一代中国人的职业态度:忠诚于一个职务,淡定低调地做人。中国观众对《新闻联播》有一种特殊情节,好像电视界的"名胜古迹"一样,给人们一种隆重而神秘的印象,而每一个有幸值守于这里的人更是电视同行里的"御林军",自有十分难得的殊荣。

邢质斌做客《艺术人生》

在如此显赫的岗位上保持如此的安详,能不说是一种极大的成功吗?

据说邢质斌老师的退休晚宴很温情,她依旧是理性地对待这样的告别,看不出任何的伤感,用理性的魅力控制着自己人生的桥段。我们似乎说不出来太多的故事,在录制我们的节目《我的2009》中,甚至觉得从节目的角度她算不上一个"好"嘉宾,因为太"平淡",太理智。

但这样的理智与平淡,难道不是真正的上流心态吗?

媒体就像是一个游乐场,不来则已,来到这里的人大都不会只满足于玩玩"旋转木马",而是更愿意在"过山车"、"激流勇进"一般的项目中获得所谓的成就感,但就是在这样的想法支配下,人们收获的不是从容的快乐,而是起伏动荡的不平衡。

在风风火火的电视界中,拥有这样的心态是值得羡慕的。能够平和对待一场生命的喧嚣,淡定的谢幕,尽享自己生命的真实,那才是真正的终身成就奖吧。

君子藏器于身

2007年7月,《艺术人生》将录制现场搬到了香港的一处写字楼,只为采访传说中的大侠——金庸先生。

香港的写字楼大都瘦高,没有太大的厅堂和走廊。下了电梯,拐进楼道,穿过前台,眼前忽然豁亮了起来,房间非常的大,落地大窗的外面是大海,可以俯视维多利亚港,是香港难得的闹中取静之地。书房周围有半圈书架,都是金庸自己的作品,版本都是内地少见的竖版繁体,装帧精致且价值不菲。这里仿佛一个微型的金庸先生书博会,可以完整地找到"飞雪连天射白鹿,笑书神侠倚碧鸳"(这是以金庸除《越女剑》外的14部武侠小说书名撰写的对联),若是金庸先生的FANS有幸来此,简直就像唐僧见到了佛祖一般。

办公室的中间是很大的空地,我们尽可以将机器设备架在中间,以书房或者窗外的大海为背景,自然是一个不错的谈话空间。利用这个空隙,我迅速浏览了一下金庸先生的房间:房间一角是一个斜摆着的普通书桌,办公室用品一应俱全,桌子有些凌乱和细碎,桌上的信纸很特别,据说是特别为金庸先生定制的,很厚实,有特殊花纹。金庸先生喜欢在这样的纸上用软笔或粗钢笔为来访者题字或留念。

一番收拾停当,进入录制环节,因为空调的噪音影响收声效果,只好关闭,再加上打灯,屋子里立即变得闷热难耐。当我们布置好了一切,金

在金庸办公室

庸先生慢慢地走了进来。

  白衬衣，精致的灰色西服，灰白相间的精致领带，黑边的眼镜微微向下，印堂发亮，像一位学养深厚的学者，散发着儒雅气质，也看不出86岁的年龄，与他笔下的金戈铁马或江湖义气相去甚远，淡定而理性。见到金庸先生西服革履，还不能开空调，我们表示歉意，金先生笑笑说："没关系，主持人和我一样啊。"

  谈话就这样开始，在娓娓道来的过程中，金庸先生向我们徐徐展开了他的人生长卷……

  2005年，一本英译版的《鹿鼎记》帮助金庸获得了剑桥大学荣誉文学博士的学位。在接过证书的时候，金庸提出了一个出人意料的请求：自己去攻读一个真正的博士学位。同年，他辞去了任职六年之久的浙江大学人文学院院长职务。

我与金庸先生在他的办公室

"念书是人生最快乐的事情",在外界的一片哗然声中,金庸平静地背上书包,在英国剑桥大学做回一个80岁的学生。80岁的金庸每天骑自行车去剑桥上课,后来60多岁的教授主动到金庸的寓所给他上课,老师和学生的悬殊年龄和上课方式成了剑桥的一段佳话。

在现场,当我们激动地向他提问的时候,金庸先生始终以一种平和的语气回答我们的问题,我们习惯于将他的故事变成一种传说般的神秘,是不是太多的经历使他真的做到了宠辱不惊的层面,以至于当我们以凡夫俗子的观念景仰他的时候却显得有些幼稚。

两个小时的谈话着实不短,加上室内很热,但是金庸先生的平和使所有在场的人体味了"心静自然凉"的状态。无论是谈及自己悠远的往事,还是商海里的沉浮,抑或是三段婚姻的是是非非,金庸先生都是平和淡定看不出他情绪的上下波动,但他讲述的每句话都让我们唏嘘感叹。

查家是浙江海宁的世家望族，康熙皇帝曾经亲笔题词："唐宋以来巨族，江南有数人家"。在这样的环境下，查良镛本来可以渡过一段安静的求学时光。但随着1937年中日战事爆发，乱世中再也放不下一张安静的书桌。13岁的查良镛随校南下，开始了千里流亡之旅。出身富裕的他，第一次亲身体会到了人世的炎凉。经历了由富到贫、由安至危的人生转折，这个生于安乐的少年开始磨砺出自己的锋芒。

1941年，17岁的查良镛在《东南日报》的副刊上发表文章《一事能狂便少年》，桀骜之气崭露无遗。

1947年，查良镛从3000名投考者中脱颖而出，进入上海《大公报》，第二年，他被派往香港。

握着在飞机上借来的10元港币，一句粤语也听不懂，23岁的查良镛就这样飞越千山万水，站到了香港的土地上。

"我一生很喜欢冒险"，总括自己充满波折的一生，金庸先生的语气依旧很平和。窗外大海雄阔，更衬托着窗内人的内敛，只是这种冒险的人生终究只是属于主角自己，旁观者的观察和理解也终是表面，包括他在文字内外的系列冒险，甘苦与冷暖只有自知。

在《书剑恩仇录》成功之后，金庸又连续创作了《碧血剑》、《雪山飞狐》和《射雕英雄传》，均风靡全港，和梁羽生、古龙一起被誉为新武侠小说的开创者。

但这些荣誉都是属于小说家金庸的。作为报人的查良镛，他的心中还有更大的理想。1959年，35岁的查良镛以全部积蓄投身商海，开始打造他的媒体王国。

金庸笔下的大侠总是在历经磨难后成长，生活中的他也同样经历着人生的起伏。1976年10月，金庸在美国哥伦比亚大学读书的大儿子查传侠自缢身亡，时年18岁。几个月以后，金庸在《倚天屠龙记》的后记中说："……事实上，这部书情感的重点不在男女之间的爱情，而是男子与男子间的情义，武当七侠兄弟般的感情，张三丰对张翠山、谢逊对张无忌父子般的挚爱。然而，张三丰见到张翠山自刎时的悲痛，谢逊听到张无忌死讯时的伤心，书中写得太也肤浅了，真实人生中不是这样的。因为那时候我还不明白。"

31年后，在面对内地观众，金庸先生这么平和提及自己人生的神伤时，尽然可以将自己的心痛说得如此的坦诚，没有丝毫的掩饰。当我们站在边上唏嘘感叹的时候，金庸先生依旧是娓娓道来，也许对爱子的思念已被他化为行行文字，秘而不宣地封存于某一个角落，能说出口的词语也许只是字里行间的一声叹息。

金庸先生有很多著名的媒体事件，当年以一块钱的价格将《笑傲江湖》的电视剧版权卖给了中央电视台，被全世界炒得沸沸扬扬。换做别人，可能是一场极佳的炒作，但是谁有能力再来一次呢，记得当时新闻的画面，那一块钱被精致的包装好递给金庸先生，金庸先生欣然笑纳。

"刘正风金盆洗手"是金庸代表作品《笑傲江湖》中的一个高潮章节，正邪不能两立，正派高手刘正风最终没能完成这个告别江湖的仪式，他与魔教长老曲洋的生命和友谊都只能以一曲"笑傲江湖"作为终结。

这些障碍在创作这些人物的金庸那里都不是问题。

1972年，《鹿鼎记》连载结束，金庸宣布就此封笔，不再写武侠小说，自此告别江湖。

金庸先生告诉我，1981年，邓小平在北京约见他，由于当天邓小平拉肚子，让金庸等待了几分钟。为了弥补这几分钟，邓小平还特意到人民大会堂门口迎接。

1985年，金庸被聘为香港基本法起草委员会委员，在香港生活了37年的金庸自此将自己与香港的命运更加紧密地联系在了一起。

1988年，金庸和查济民联名提出"香港政制过渡应实行循序渐进的民主选举的主流方案"。1995年12月，他又被任命为香港特别行政区筹委会委员。

金庸先生一路在江湖——商海和政坛上叱咤风云，但却没有所谓任何一种江湖秘籍傍身，始终秉承以一种知识分子的情怀"冒险"人生。

采访结束，金庸先生带领我们在他的大书房参观，他带领我们走到大书架前，对我们说："你们选一套自己喜欢的吧，我送给你们。"虽然书的价格不算昂贵，但从整齐的书架中抽走其中一套毕竟不太礼貌，更有夺人之美的嫌疑。但是，我们还是没有经得住这样的诱惑，我拿了一套《笑傲江湖》共四本，金庸先生在第一本上谦虚地签名留言，还问了我的名字，将名字两字拆成一首诗写于特殊信纸上送给我，手捧如此珍贵的礼物，真

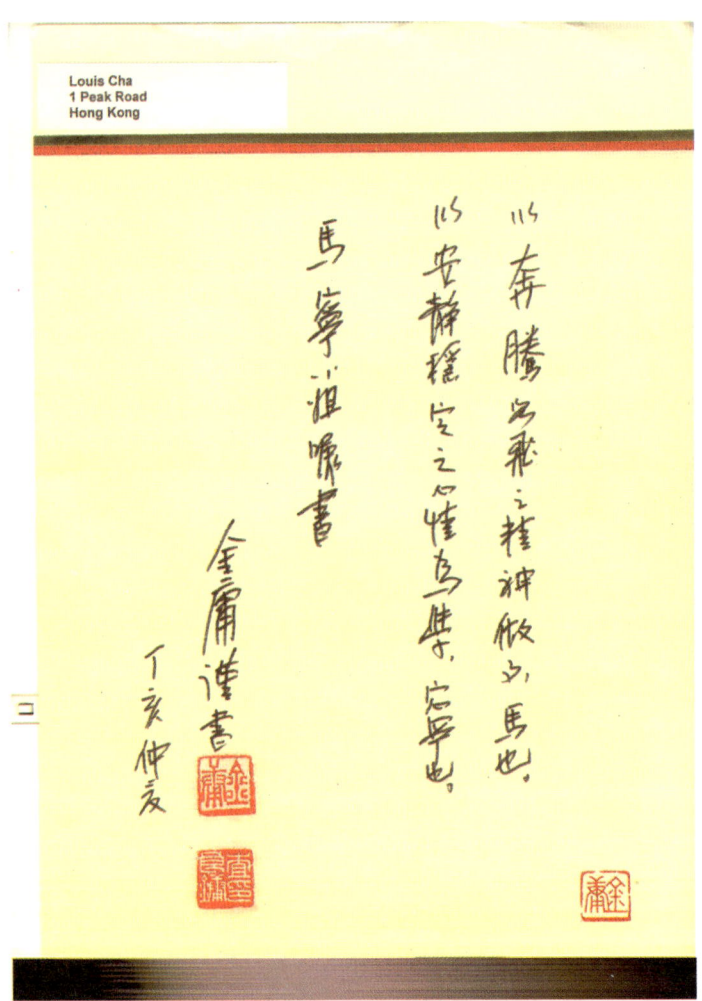

金庸先生给我写的字，这是对晚辈的鼓励，非常珍贵

有一种受宠若惊的感觉。我乃后生晚辈，叨扰半日还要一个纪念，觉得自己受之有愧。但是，谁说这不是金庸先生的一种品德呢？

多宽的心，能装得下惊天动地的荣辱。越优雅的君子，越不吝自己笔墨，为一面之交的来访者妥帖地书写金玉良言。

我知道这也许是金庸先生的礼仪，并非对我的赞美。但是，它折射着人的一种极致豁达，是一位历经中西文化洗礼，命运考核，游走江湖，故事无数，荣誉跻身之后的不卑不亢。

我更知道，金庸先生平和的表面之下，心中定有利器藏身，但不是一般人可以分享的。从我们直观的观察和感受中，那也定是一种非凡的境界，甚至书里的江湖风云也仅仅是一种虚妄的载体，繁华与梦想过后，窗内人的心胸就堪比窗外辽阔无垠的大海了。

对岸观灯火

小崔,一个有些许距离的同行,一个比较敬佩却又无法接近的朋友。

第一次见到崔永元是在中央电视台的美发室,我躺在椅子上冲头发,崔永元就躺在旁边椅子上,我从侧躺着的角度和特殊的声音识别出了当时火得一塌糊涂的崔永元。那时候我还是刚到台里的实习生,《艺术人生》还没有开播,《实话实说》是我每周固定收看的节目之一。

在与崔永元有了一面之交后,我听到和看到了各种关于崔永元出书、离开、失眠、生病、好转、吵架等等的传说,待我真正得以同事的身份认识他之后,才知道很多原来道听途说的真相,才明白他的自传中"不过如此"的意义。

在《艺术人生·温暖2004》特别节目中,我对他进行了长达一个小时的采访,整个过程几乎没有看见他的笑脸,那是我最长时间从正面注视着他的脸,深深沟壑般的纹理让人恍惚觉得他已经不是《实话实说》上的"小崔"了。

那天在崔永元《电影传奇》的办公室里,采访结束后,他像导游一样,领着我们在他的一亩三分地上参观。墙上贴满了老电影的老宣传海报,还零星地贴着《电影传奇》中的各种剧照,崔永元摇身变成各种电影历史中经典人物,与眼前这个略微臃肿脸色不好的中年人相去甚远,照片中的他

艺术人生十年庆典之前,崔永元是特约评论嘉宾

比眼前的他更有活力。

在一个普通的电脑前,崔永元请工作人员为我们演示他们建立的资料查询系统。随意输入一个老电影的名字,相关剧照、演员的照片一下子出现在自己的眼前,我发现查询资料的小姑娘非常的年轻,却能对老电影如数家珍,这也是崔永元骄傲的地方之一。谈起《电影传奇》,崔永元异常的开心,我们终于见到了《实话实说》中久违的坏笑,看得出来,那时的笑不是一个制作人对自己节目的笑,而是一个普通人对着自己的梦想在笑。

转悠了一大圈之后,崔永元坐在零乱的会议桌之前与我们闲聊,一支又一支的烟使自己的眼前烟雾缭绕,刚刚的笑容化解在烟雾中,映衬着脸上深深的吃了妆的皱纹。会议桌很乱,还有一份中午吃剩下的酸汤鱼,这是电视台常见的办公室,凌乱成了一种默认的习惯。下午三点钟,几乎见不到什么上班的人影,因为这些昼伏夜出的编导们在夜幕降临的时候才会出现。崔永元说起他们组一个导演,从来没有在白天出现过,很多白天值班的办公室同事都没有见过他,只有电话联系,熬夜是电视台历久弥新的习惯。我问他会不会在半夜来审看片子,他透露出了隐隐的担心,他说:"你知道的,我是睡不着的,我其实不支持大家熬夜,我经常劝说我们的年轻人晚上回去睡觉,我生怕他们和我一样,熬夜是自愿的,有时候会很愉快。失眠就不一样,那是一种病,我不愿意大家患和我一样的病……"

白岩松曾经讲了一个关于崔永元的段子,那会儿两人都在中央人民广播电台当记者,都住在小平房的宿舍里面。失眠的哥俩闲聊当时的苏联解体等国际新闻,聊了一通,小崔说:"这回我更加的睡不着了,前一段时间我花时间将全世界各个国家的事都琢磨明白了,这回苏联一解体麻烦了,又多出来十几个国家,这回怎么办啊?"对于白岩松的段子,有人当成笑谈,有人想来心酸。作为70后生人,我似乎从来没有"小崔"那样的忧国忧民,似乎被熏陶的都是现实主义的观点,而缺失了60年代生人的那种理想主义的追求,对于这种缺失我不知应该惭愧,还是应该理所当然地看待与他们的隔膜。

好在我还能听懂白岩松和崔永元的段子,也知道他们锋利的言论下面蕴藏的责任感。2005年我们在上海制作主持人论坛特别节目,那天在上海的深夜,王峥给白岩松打电话,为我们的节目求个名字,似乎是很快的交流之后,王峥放下电话就打给做喷绘的公司,要他们连夜将节目的名字改写成"理想2005",激动又坚毅的声音既带着领导的权威,又带着一个创意者泉涌的创意,似乎度过了策划过程中的迷津。

隔天,在还没有完全晾干的"理想2005"的字符之下,崔永元、白岩松、张越、杨澜等一干人陆续登场,他们精彩地讲述与那红色的字符交相辉映。正是在这期特别节目中,小崔向全国观众公布了他得抑郁症的消息,态度真诚坦然,其内心的纠结和困惑让电视界的同行深有感触,让屏幕前的观众为他动容。特别节目《2005理想》的最后一集顺利播出之后,我们接到

了无数观众为小崔寄来的药方和关心问候的电话。通过这期节目，让我从另外的角度了解了这位出现在我们节目之中的"特殊嘉宾"。

崔永元恢复健康之后，创办了《小崔说事》栏目，不记得在什么地方他留下了这样的话，用"一流的心态做二流的节目"，看上去似乎不那么符合"全心全意为人民服务"的职业理念。但是，有时想想，拥有一流心态的人不一定是那些功德圆满的英模先烈，也许就是一个家常的普通人，看看他们，总保留着自己对事物的好奇和热爱，就连说到遗憾的时候都那么坦然。

一天看手机报，说崔永元要去拍摄电影，不知是真是假，现在娱乐新闻真是发达，看看同事在做什么都需要"被告知"，也许是领悟和成长（抑或是衰老）的速度比观众快些吧，似乎电视人一成长就得去"对岸"采采气。

在《艺术人生》十年的庆典上，崔永元应邀担任评论嘉宾，一进门，指着自己的肿眼睛说，今天早上五点半了，还是没有睡着，六点赶上《朝闻天下》，看那几位主编眼睛也是肿的。

崔永元不是那种看上去很热情的人，在热闹的化妆间一边抽烟一边看我给他的长长的台本，时不时的冷幽默，话不多，但是句句经典。衣着朴素的他一登上舞台便散发着一种气场，我知道包括我在内的所有人都有一种深深的期待，我们想知道在那些不眠的夜里他想了些什么，我们需要他的言语点中我们被娱乐得有些麻木的神经，需要真正的、由衷的、会心的笑一次。

活色生香进行时

女人把持衣服,就如同男人玩转武器,靠的不是后天的修炼,而是骨子里的天性。无论是知识分子于丹、妈妈于丹,还是教授于丹、电视策划人于丹,统统有一个特质,那就是"臭美"。如果非要用一个俗词描摹她"臭美"的程度,只有一句话,那就是她美得太女人了。

在江西宜春的一间宾馆里,沙发上堆满了衣裳,一件蓝色的麻布衣裳和一件同样质地的红色花样衣服正在PK,等待着被挑选成为女主人于丹今天的行头。那件红色的衣服下摆镶嵌着紫色的纱,纱与麻的质地混搭成了一种别样的味道。还有手工缝制在胸前的花朵,花朵上盘旋着一根墨绿色粗线环绕而成的藤,色彩对比浓烈却不失优雅,设计兼具了民俗与现代之风,作为"评委"的我把珍贵的一票投给了它,于丹善解人意地点了点头……

那件落选的蓝衣,是啊,淡得有些懒散的蓝,那么有质地,宛如一个知性的女子,默默为自己的落选感到失落。于丹仿佛看透了"她"的心思,充满歉意地抚摸着"她"。衣服在一个有才情又爱美的女子中,是有生命的,会呈现不同的心情,理应受到呵护。只是,懂得它们的人并不多,于丹算是一个。

录制的前一个小时,作为嘉宾的于丹和做为总导演的我,躲开冗长的琐事,在化妆间中挑衣服,这样看似"玩忽职守"的臭美行为几乎在我们

"说的还行吧"——于丹下来第一句总是这样问

在泰山顶上的孔庙

每次合作的录制前都有发生,而针对衣服的讨论甚至多过了对节目方案的讨论,每次一个新的创意产生,我会告诉于丹,"亲爱的,又有买新衣服的理由了……"也许,看似被玩味的衣服在一些女人的身上犹如一种信仰般的重要,因为她勾勒出了一个我们心中最明媚的自己。

于丹是个操心的命,也许是因为当老师的习惯,她总是帮助工作人员梳理各种问题。我们总是说,于丹一来,制片主任和总导演总是很轻松,她把全组人的活都干了。万一协调上出现问题,我们总是拉来于丹,让她说情。经过于丹一番惊天地泣鬼神的演讲,我们总是畅行无阻。组里的年轻人总是艳羡地说:"要是像于丹老师那样能说就好了,闯红灯了都能说得警察网开一面。"

于丹总是喜欢无巨细地帮助处理各种突发事件,加之自己对电视节目专业门清儿,经常现场指导。她那种穿着华服精准张罗琐事的状态真是可爱之极,对于这样好的同志,剧组最隆重的表彰和照顾就是把她拍摄美美的。

江西那次录制正赶上南方的高温。录制前三小时,嘉宾郭涛还在发高烧,我们赶紧和于丹打招呼,"万一郭涛上不了,他的内容就归你了",于丹仗义地答应着。反正大家"欺负"于丹习惯了,经常在毫无准备的情况下抛给她一个没有准备的问题,之后,她会用脑袋里各种美丽的语言"成全"我们恶作剧似的提问。

那次由于时间和技术的安排,中秋的节目要在白天录制,没有月亮只有太阳。我们讨论怎么才能给观众一个合理的交代,最终的结论是交给于丹,让她混搭出一个理由。于是,于丹在烈日下,穿着美丽的红衣服,为白天录制月亮的节目找一个合理的解释,看着她脸上的微笑,全场所有的人都笑翻了。她随口说到:"太阳因其圆给人以进取,月亮因其缺给人以平常"一上场于丹就给我们传递出一种对于月亮的独特理解。

"人一旦到太阳底下,都是建功立业;到月亮底下,就是一些诗话留恋,明月千里寄相思,你心里有什么牵挂就开始涌起来了。所以我觉得不是我们先要有一种心情,才能够去亲近月亮,而是你只要肯在月亮底下就会唤醒一种心情。"一语道破天机,满脸的汗水似乎也多了意义,正好配得上那件红色耀眼的衣裳。是啊,节目的背后,夹杂着生活中许多纯然的玩笑,却在玩笑中寻觅到一个个我们感受不到的理由,也许我们每人都需要将自

在后台我们当着文怀沙老先生的面还说说笑笑

己才学和感悟的混搭,以美丽的表达,为世界留下新的主张,玩笑的后面,多少智慧的亲切温暖着一群人。只可惜,电视机前的观众看不到,因此才有那么多的质疑和不解吧。

  再回到中秋节目现场,35℃的炙烤中,于丹的汗水在脖颈上形成了一道水晶项链,闪闪发光,然而讲述依旧是那么优雅,身上那件精挑细选的红衣裳在青山绿水中也显得非常醒目。录制结束,所有人好像水洗了一样湿透。朱军的脸红得发黑,一测血压,已经是160,此时现场兴奋的人群依旧没有散去。于丹还有一场节目需要录制,接她的车已经停在外面。从演播台上走下来,混在人群中,于丹的大红衣服分外耀眼,周围的观众团团围着她,要签名、要握手、要合影。就在这种忙乱中,于丹不知从哪个方位把我拽到身边,急速而明确地告诉我,她的行李箱放在酒店房间里,是贴着施华洛世奇水晶的小盒子,里面有降压药,因为来不及回房间取,所以请我翻出来给朱军。我在工作人员的陪同下,回到酒店,打开于丹的房间,找到那个小盒子,精致的小盒子里放着一堆错落有致的药片。于丹好像算准了我已经拿到药片,在这个时候打来电话,事无巨细地嘱咐:"亲爱的,有三种长条的药片，一个透明的胶囊，一个大的，还有一个中不溜的粉色长条小片，就是这个。"手机挂断前，还特别叮嘱："千万别拿错了，大片的是维生素，而且是女性专用的，可别给他吃错了。"

我用干净的餐巾纸将降压药片包好，拿到拍摄现场。朱军正在晕乎乎地接受当地电视台的采访，工作人员打断了采访，给满脸黑紫的朱军吃了药，各自奔忙的散去。此时的于丹，正在另外一个场合继续"干活"。药片还真的很管用，朱军吃完后不一会儿，脸色就好转起来。看来，表达的精准还可以派上新的用场。

唯一遗憾的是，由于时间仓促，于丹来不及换衣服，在接下来的那个节目当中，依旧是那件红艳艳的衣服，陪她度过一个忙碌的晚上。

我想，除了名人、学者、受人尊敬老师，于丹还有一个职务——美丽衣服的保护者和实践者，衣服是我们和这个世界交流的使者，它使我们美丽，我们也应该给它们快乐。

记得某年一天，我在梅地亚见到身怀六甲的于丹，不但没有臃肿和倦怠，还有一种女人特殊的润泽。她一身精致的黑裙，脚上是一双平底的黑色长靴，头发依旧是精心打理好的硬朗。那是我第一次见到怀孕后的于丹，见面后，我们如沐春风地蹦跳着打招呼，然后来到咖啡厅小坐。因为怀孕的关系，于丹远离了咖啡，但是咖啡的味道弥漫在我们周围。梅地亚是一个经常可以碰见蓬头垢面的"女焦虑症患者的地方"，于丹的出现带来了一道明亮，她带着肚子里的女儿一起来开会。都说怀孕的女人最美，于丹身体力行实践着。

一个可以美丽的女人经常是可以得到幸福的，因为懂得那些原本世界的公用财产，如月光，如美丽，如咖啡的弥漫味道，都可以据为己有。于丹经常在我们繁冗的工作中提醒我们这些美好事物的存在，从她嘴里随口说出的美丽话语就像是喷洒在空气中的香氛，使周围立即弥漫在一片幸福中。

无论是女政要，女名家，还是女明星，抑或是我们身边各种遭遇中的女子，都不会对"你很美丽"这句评价置若罔闻，心底总有一种涟漪源远流长，那是女人心性中属于自我的骄傲。

于丹是一个挺"臭美"的女子，在大家还不怎么认识她的时候，她就是活跃在电视台栏目组中具有影响力的人物，以策划的名义游弋在我们之

间。每次见到她,除了对她出口成章滔滔不绝的创意意犹未尽之外,就是看看于丹老师今天的穿着。她是个穿衣从不马虎的人,无论是出现在重要的场合还是一般的家常聚会,我总见到她精心地将自己包裹在一身或得体、或优雅、或时尚的衣服中,那些衣裳将她言语的灵性衬托得熠熠生辉。

一个女人的心中一定要有声色,要灵动,要为自己的性别而感恩。于丹永远炫耀自己的女儿苗苗,她的手机里永远都存有孩子的视频,而她的女儿也总是被打扮得很漂亮,有时甚至穿着妈妈的衣服,眼神中似乎透露出对这些美丽的懂得。于丹每次将手机里女儿的照片拿给别人看时,都会配上精致的解读。那些手机拍摄的画面似乎有了大片般的感人。她是该有女儿的,女儿才是一个女人生命中华丽的礼服,可以将自己的美丽缀在上面。

男人间酒肉朋友似乎带着一些贬义,而女人之间的衣裳朋友却是一种心底的真挚。每次到于丹家玩,都要让她将新买的衣服一一展示,不一会儿的工夫,整齐的客厅沙发上堆满了衣服,大家玩做一团。于丹俏皮地把女儿和母亲安置好午睡,几个女人就在客厅里试来试去,于丹乐此不疲地讲解每件衣服的来历,并且诚恳地接受我们的点评。是啊,要把从地里摘来的棉花,变成手中精致的衣裳,期间的经历就如同一个有故事的女子一样,素朴的长成,期待一刻的华丽。我们经常肆无忌惮的隆重表彰她的买衣品位,也津津乐道于那些淘衣的轶闻趣事。在一个忙碌的女人经历中,到一个陌生而时髦的城市,要摆脱多少繁文缛节,才能拥有自由寻找一件衣服的时间,而那件衣服,仿佛一次自己和自己的艳遇,留在心中是一种一生受用的窃喜。

作为导演,我永远会满足于丹对于认真化妆和打扮的要求;作为朋友,我更是纵容和保护一个女人美丽自己的权利,对美丽的默契可以让女人之间产生一段融洽的友谊,而不是衣服带给我们的那些关于奢侈的恶名。在这个世界上,我们需要一些精致的表达,衣服也是一种无声的表达,把我们那些约定俗成的套话幻化成一个个优雅的故事。中国人向来是不喜欢表达的,敏于行而讷于言成了标准,我们很少赞美那些滔滔不绝和精于装扮的人,我们太多赞美这个世界朴素的东西,而美丽的衣服反而成了这种价值观的牺牲品。我们觉得时尚是浅薄的,奢侈是可耻的,爱美的女人是肤浅的,其实我倒觉得于丹该讲讲这个,我们需要有人帮助我们认识自己的美,美丽是有力量的,尤其对于女性,美丽是不会被自己带走的,任何时候,

现场易碎

只要美丽还在，女人就可以很快的自信起来，而由此带来的力量也许可以改变一个人的世界。

如果我策划一个时尚节目，我一定会邀请她做嘉宾。因为她懂得衣裳，不是像时尚编辑那样对品牌和流行如数家珍，而是那些勾连我们自己内心的东西，需要一种精致的表达，无论是大牌的服饰还是地摊上的一件花衣裳，那些布片饰品拼接在一起的刹那是有缘分的，犹如人与人的遇见。我们需要一个好的表达者，记录我们流逝的情感和美丽，我喜欢从于丹口中流溢出那些美丽的言语，那些不同质地的词语表达就像一件件巧妙创意混搭的衣服，打碎了许多约定俗成的美，让我们感受到美和美好的默契。

我觉得每个女人最后的成功不是因为成功过，或者快乐过，而是美丽过。于丹是一个，我想如她一般有才情的女人，即使可以留名传世也并非心满意足，美丽过，被爱过，才是幸福过的证明。

希望于丹似的女人多起来，让我们可以放肆的美丽下去，美丽的人是会幸福的。

理想的早晨

在台湾文人舒国治《理想的下午》大卖的时节，身为电视人的我，却制造着一个"理想的早晨"。

一个理想的早晨是这样的：没有要赶着上班的死钟点，有的只是闹钟微微的干涉，于自然醒之后，在3分钟之内将家中所有家用电器转动起来。第一个转动就是洗衣机，我的高级洗衣机是个死心眼，尽管有根据衣服多少调整洗涤时间的功能，但是它一直坚持37分钟的洗涤时间，无论是一条毛巾还是满满的一桶衣服。既然这样，那么好吧，我就以37分钟为界限做完一切。

就像一个被紧急集合的救援队头目，我带领着全家的各种用品和电器在几分内集结完毕。左手搬开煤气阀门的同时，右手已经将锅放在炉子上。而阀门开启的瞬间右手已经下意识地点着了火，不等锅热起来，就倒上橄榄油，打上一个鸡蛋。请注意，锅热的20秒和油热的20秒又可以不用干等而去做点别的。40秒的时间，先把面包烤上，再把水池中碗刷干净，顺手可以整理一下垃圾袋，当然这样的话还需要10秒重新洗一下手。当听见鸡蛋一面已经自动煎好的声音时，腾出一只手把它翻过来，煎另一面的20秒可以把刚刚烧开的水灌进暖壶，顺便把咖啡沏好，20秒之后，咖啡和面包以及煎好的鸡蛋就可以同时出锅了。

上班的路上

早餐一定不超过10分钟,其中5分钟吃东西,同时照镜子,设计今天眼影的颜色,另外5分钟看着窗外沉思,这是我一天中最珍惜的5分钟。一般这个时候,还剩下半杯咖啡,位置是冲着窗户的,什么都不想,哪怕一会儿上刑场,这是20秒、20秒节约下来的时间,只能用在这样奢侈的发呆中……

5分钟之后,快动作开始,刚刚用过的一个盘子、一个咖啡杯、一双筷子,是在一个瞬间被刷洗干净的。保证干净的秘诀是利索而熟练的动作以及高效而安全的洗碗液,冲水的刹那,另外一只手已经把微波炉打开(我用它来消毒碗具)把餐具放进去,之后沏上一杯茶,盖了盖子就去化妆,然后穿衣打扮,这是我最浪费时间的步骤。穿了脱,脱了穿,犹豫不决是一定的,昨晚设计好一身打扮很有可能一下子看着不顺眼就被推翻了重来,直到满意为止。那杯茶正好到了不冷不热正香的程度,第一杯一般是一饮而尽的,因为我实在是渴。然后加上水,晾第二杯的时候,马上收拾满床衣服和家里任何一处乱的地方,顺势肯定可以看见满地的灰尘,于是拿起扫帚扫几下,扫着扫着就发现需要把整个房间扫干净。

整个过程就像用分镜头拍摄之后,一个高手剪辑的动作,流畅而没有任何的冗余。

一切就绪了,洗衣机还有一半左右的时间,这又是我无所事事游荡的

时间，我开始在干净整洁的家里来回溜达，和之前的快速切换判若两人……

终于等到慢腾腾的洗衣机按部就班完成了工作，晾好衣服就可以出门了。回头锁门的瞬间，一个貌似整洁的房间呈现在眼前，离开之前总要神经质似的看看煤气和各种电源是否关闭。当然，有时是先出去按上电梯按钮，等电梯的工夫再回来看一眼，顺便确认已经锁好了门。这个时间，假如够巧的话，还可以带着放在门口的垃圾袋，刚才准是忘记了……

车静静地行进，一路上都没有收到催促的电话。进了办公室，才发现未见一人，真空般静谧的时刻，是最适合让思维随文字流动的时刻……就在自己的思维潜入到一篇雍容文字之中的时候，感觉刚才的女战士已经悄悄换下了战袍，换上了一件被丝绸和蕾丝裹缠的华服，发呆的时刻，思考的时刻，那是自己一天时间内最奢侈的时刻。

一个理想的早晨，让我以一种极端紧张的方式相对延长了时间，甚至产生了占便宜似的窃喜。也许生命总需要压缩的是那种程序化的时间，留着充分的时间呆着，什么也不干，什么也不想，只是与自己面对面，在一个早晨做一个白日梦，哪怕只是对着自己做一个鬼脸……

中年是戴着氧气罩呼吸

在录制现场,观众是拿冯小刚当笑星对待的,他说什么,观众都觉得是可以笑出来的,而且是那种痛快的笑,好像是获得了一个有趣的段子,幽默的力量使得笑意纷纷在一个又一个观众脸上转发传递。

冯小刚是一个说话很扎实的人,言之有物,言之有观,言之有趣。从说话上看,冯小刚其实是一个很诚恳的人,他忽悠人之后就直接说"我忽悠你呢!"记得现场有观众当个事似的质疑他为什么说不拍贺岁片又拍了?冯小刚呵呵一笑地说:"其实我就是那么一说,我是个性情中人,说完了就完了,拍了就拍了。"是啊,有些事情没有必要一诺千金,随性的活着不是很好吗?亦如冯小刚电影中那些人物,正是因为真实而显得那么可爱。

节目中,冯小刚正和主持人朱军、观众聊天,忽然有点词不达意,眼神也变得恍惚,脑门上蹦出了一层汗珠。他指着自己的心口,缓慢地对朱军说:"我这里有点不舒服,我想喝点水……"说着,就起身走到了离舞台不远处的候场处。这一举动,吓坏了我们,赶紧将三个折叠的红椅子并排放好,让冯小刚平躺了下来。他微闭眼睛平躺着,轻声地说:"没事,我就是不太舒服,我躺会儿"。此时台里医务室的大夫已经带着便携式的心电图仪器赶到,救护车也马上就到。

那时候他是真实的表现,没有为了事业为了观众硬撑着起来继续的范

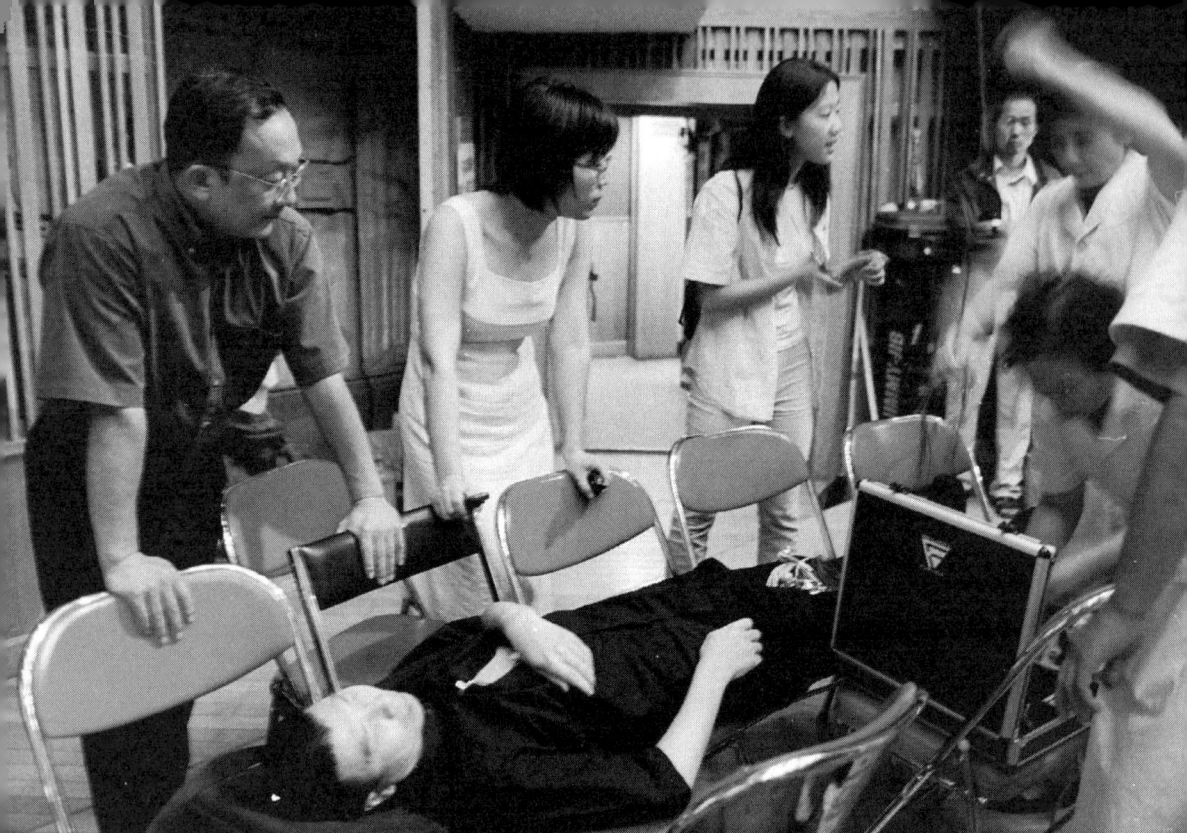

冯小刚导演身体不适

儿，脆弱地躺在那里，真实得在公众面前袒露出了自己的病痛。

一百多名观众就坐在距离冯小刚几步之遥的观众席上，不时往蓝色丝绒的布后张望。朱军来到舞台上安抚观众，大家似乎还未从刚才轻松的氛围里回过神来，看到朱军凝重的表情，才知道刚才冯小刚说的心口疼确实不是玩笑……

在决定立即送冯小刚去医院之后，我们对观众解释说，下次录制时请原班观众悉数到场，观众导演也将每位愿意留电话的观众登记以便通知，在极短的时间内，观众们非常配合选择了静静离开。

我们马上请救护车把冯导送到北京阜外医院，之后经过治疗，已经没有大碍。正当我们准备告辞时，躺在病床上的他忽然坐起来对我们说："哎，那咱们节目怎么办，还录制吗？"起来的动作吓了我们一跳，感觉像是刚从梦幻中醒来一样，我们笑着请他休养之后再联系。

一个多月之后，冯导将节目补录完，幽默的是他穿了一件与上次黑衣款式一模一样的白色衬衣，一黑一白对照在一起，脸色却红润了许多。徐

恢复后的冯小刚一个月后，信守承诺完成了节目录制

帆这次陪同前来，扎着马尾辫。素面朝天的她一直在导播间观察，直到话题正酣时被朱军"活捉"到舞台上。两次录制终于记录了冯小刚一个相对完整的艺术人生前史，中间的插曲更是惊心动魄，那是2002的事情。

时隔8年，这件演播室的意外事件已经被各种五花八门的新闻代替，没有人愿意回忆起。当时的我们感到非常的恐惧和愧疚，觉得本以为娱乐人心的职业却是一件折腾人的事情，疾病袭来，人有时如此的脆弱不堪，躺在那三张椅子上微闭着眼睛的冯小刚没有那些大片中的锋芒和智慧，也没有各种炮轰流言蜚语中的张扬和斗志，就是一个渴望氧气的患者。那时候，他的身边没有亲人，只有我们这些陌生人。之后，很多人以各种理由关心他，他也在节目中澄清解释鸣谢。由此我们引发了关于中年危机的话题，这个原来不曾想过的话题，似乎正是因为他在现场的"意外表现"被格外强化了关注度。

在冰与火之间切换

对于录制电视节目的演播室"动物们",盛夏季节最好的去处自然是号称"避暑盛地"的演播室。功能强大的制冷空调使得演播室里的温度与外面的温度形成极大的反差。对于经常进出演播室的人来说,夏天被分成了两半,一半是火焰,一半是海水。

这是所有电视台演播室最独特的地方。夏天的时候,室内冷得穿棉袄;冬天的时候,室内热得穿短裤。每至盛夏,我受冻的时间总要长于受热的时间。在台里看见去演播室的同事,口头语都是一句亲切的关怀"多穿点,别冻着啊"。走到演播室门口,打开门的刹那,犹如把冰箱门打开的瞬间,一股寒冷之气迎面扑来。演播室的技术人员夏天的标配永远都是长袖羽绒服,或者长宽大毛衣。在闷热的夏日,经常出入演播室的人倒有了一种优越感,夏天去什么避暑胜地啊,上班最凉快!

今天又是昏天黑地的一天,睁开眼睛就开始工作,直到下班。走出冰冷的演播室,向室外的桑拿天"取暖",这是我经常的举动。天边的闷雷时而响起,似乎预示着一场雨的到来,但盼望中的雨终究没来,天气依然闷热。遛弯的人们悠闲地逡巡在街道上。比起他们散漫的打扮,我的装束实在职业得缺少活力,我必须挺胸抬头目视着炎热,不敢怠慢了每个步伐……

自从演播室禁烟之后,抽烟的人都要到外面过烟瘾。吸烟处是一个露

天的自行车棚子，几个同事站在一排并不怎么整齐的自行车旁，享受着吸烟带来的快感，袅袅的白烟在闷热中向上升腾，此景仿佛是《志明与春娇》里的情节。脱掉羽绒服，走出演播室，遇到滚滚热浪，如同走进桑拿室，第一感觉便是"真舒服啊！"在外面待上一支烟的工夫，就会汗流浃背。于是，赶紧返回工作岗位，而回到演播室的瞬间又照例是那句感慨，"真舒服啊！"

  对夏天的记忆，还能够用得上"舒服"两个字的，只有我的学生时代了。N年前，夏天在我的印象里，是美好而悠长的暑假，这是学生时代天堂般的时日。那时候，与同学游泳曾经是我最大的乐趣。我的水性极好，6岁时在游泳池里泡了一会儿便找到了游泳的感觉，从此无师自通。初中一年级，我和一个同样近视、胆子贼大的好友在公主坟的海军大院游泳池里游泳。趁着救生员没注意，我们俩摸瞎一样爬上了5米跳台，趁人不备双双跳了下去。那种逞能之后的成就感意犹未尽，于是又乘胜前进悄悄地爬上了10米跳台。趴在跳台上向下看，我们想知道5米和10米之间究竟有多大的区别。然而，两个大近视眼，在没有眼镜提供精确的视觉下，10米和5米相差无几。于是，我撺掇她先跳下去。也许是无知者无畏，好友在我的怂恿下，

毫不犹豫地跳了下去。一眨眼，身边的好友变成了10米之下茫茫清水中的一个黑点。

在泳池旁众人的一片惊谔中，好友以"安然无恙"的姿态从水中走了出来，向10米台上的我摇手呼喊，"快跳下来！"配合着她的呼喊，泳池旁的其他人纷纷将目光投向了我。在众目睽睽下，仓皇逃窜已经是不可能的事，我只觉得自己没了退路，于是一抹眼也跳了下去。空中坠下的过程中，一种巨大、无依无靠的失重感贯穿我的整个身体，有那么几秒，耳畔擦过呼呼的风声。睁开眼，看着越来越近的池水，我感到有些天旋地转。以往，在电视现场直播的跳水画面，映入我的脑海。如今亲自体验这种跳水的感觉，却发现镜头中的跳水并非我想像的那样轻盈和美妙。

碰到水的一刹那，说不清是头先入的水还是脚先入的水，但脚掌拍击水面的疼痛却让我记忆犹新。本能的水性使我找到了归路，强忍着被水拍的"悲痛"，我终于让自己也出现在英雄好友身旁……

而今，重游公主坟海军大院游泳池，进门的时候需要办理比进入中央电视台还要繁琐的手续。池边墙壁上"更快，更高，更强"的口号字迹斑驳，锈渍的跳台无人把守，也无人问津。我的眼睛早已做了激光手术，近视得以治愈。面对5米跳台和10米跳台，它们的差距我看的无比清晰。

学生时代的夏日假期已成为美好的回忆，如今悠长的暑假只是成为电视荧屏上"假日特别编排"的一行字幕，只是成为我在演播室里度过的倏忽时光。

在CCTV的"避暑盛地"，在演播室的监视器前，在摄像机沙沙作响的静谧时空，有过那么"走神"的一刻……

我忽然望见了海军大院里那10米高的跳台，看见了17年前逞能的自己，忽然有种给自己补一个喝彩的冲动：为选择跳下的单纯与勇敢，为曾经无知无畏而倾泻过的梦想……

带着耳环思考

人生，有很多姿态，必然是和"自然"相违背的，但又符合"天性之美"的范畴。譬如，耳环之于女人。

很多年前，我大学刚刚毕业，参与羽西一本新书的发布会，之后我还要完成一个对她本人的简短采访。

羽西忙碌了一个晚上，终于可以坐下来和我聊聊。虽然她已经并不年轻，但是依旧很优雅，全身从头到脚每个细节都处理的很得体：多年的童花头已经演变成了短而俏丽的发型，配合着她的优雅短发，悬垂在耳边的是一对造型略微夸张，但与发型很般配的优雅耳环，全身的着装十分和谐地呼应着这份隆重。而刚刚毕业不久的我是牛仔裤和格仔衫，这样学生气的装扮在一个富丽堂皇的酒店显得很不协调。好在是一个新闻发布会，很多编导、记者和我的打扮差不多，因而我也并未显得十分尴尬。

而当我的工作进入专访阶段，随意的自己与精致的羽西面对面时，才突然觉得自己很唐突，无论是年龄还是气质，休闲调调的我似乎很不合此时的工作氛围。羽西很亲和地看着我，并未着急询问我第一个问题是什么，只是轻轻地掠起我耳边的头发，挑了一下眉毛，对我说："亲爱的，女人可以不带别的首饰，但一定要戴耳环，她会使你看起来特别的不一样……"

我猛然懵了一下，似懂非懂的"哦"了一下，甚至有点脸红，因为不

知道该怎么应对这位时尚女士突如其来的交流方式，我准备的问题都是对她新书内容的访问，从未想过她会将这样的内容和话题抛给我，这个小小的尴尬如插曲一般很快过去了。于是我们开始面对面的交谈，我恢复了侃侃而谈，将采访问题进行了淋漓尽致的阐述，羽西很高兴的听着。但是，我微妙地感受到，我并没有打动或者影响她，这次采访，仅仅是一场礼貌的会面而已。

采访结束，尽管已经完成了作为一个导演的工作，但是我总觉得那是一场不成功的采访，虽然是圆满完成了工作任务，却觉得像一个干巴巴的树杈，没有得到自己想要的那份"沟通的快乐"。

只是因为我没有佩带耳环吗？还是缺少其他的什么？

工作依旧是忙碌，但羽西的那句话总在耳边响着。周末，我干脆直接去美容院扎了一对耳朵眼，一开始非常不习惯，要戴10天美容院专用的耳钉，每天还要用酒精消毒，像护理伤口一样。那几天，洗澡、洗脸都很不方便，但是我还是克服了重重困难，终于拥有了可以穿进耳环的一对耳朵眼……

我选了一对大耳环。从此，无论穿什么，做什么，多么忙碌和焦虑，我都不会忘记戴耳环。时间久了，忽然觉得，它仿佛长在自己身上的物件一样，似乎习惯了耳畔边有垂坠的感觉，并似乎习惯了用它来平衡头脑中的事物。

羽西说的对，女人就是要戴一个耳环，那是需要戳穿自己肉体才可以戴上的装饰，要历经一阵疼痛才可获取的魅力，就像我们得到的爱情和事业一样，都是失去了什么，忍耐住了什么，才换来这份具有修饰感的"美丽"。

很多年了，我会特别仔细观察每一位女嘉宾的耳环，甚至在录制前的一天会打电话问她穿什么衣服，并建议她戴上与衣服搭配的耳环，因为只有这样，一个女人的独特美丽才会被最完整保全。记得陈小艺第一次做客节目的时候，执意要穿一件白色带暗纹的衬衫，非常朴素的装扮。在上场前，她拿出一只长长的带链子的耳环，不巧链子缠绕在了一起，在上场前还没有解开。站在上场口，急脾气的陈小艺干脆不戴了，我却一直站在边上帮她解开这个难缠的链子。直到各工种准备就绪，开始催促我的时候，我还在解这个扣。陈小艺站在一边着急地说："不戴了不戴了，反正这样就挺好"，但是，执著的我依旧继续着手里难缠的活儿，上帝保佑，就在开场前的那

现场易碎

  一瞬间，终于解开了，陈小艺如愿以偿地戴上那对长长的耳链，高高兴兴上了台。

  在华美的舞台上，朴素的陈小艺安静地坐着，但她耳边的那对耳环却与舞台绚烂的灯光交相辉映，让观众们看到了她作为女性的柔美。

  是的，我喜欢女性佩戴耳环的那种形式之美。耳环于我而言，它不尽然是形式之美，更是一种实质的加分，确切的说，它意味着一种女性对生命全方位的尊重与爱护。

  我喜欢带着不同品相、不同质地的耳环思考，是它们参与并见证了我人生不同阶段的成长风貌。

现场易碎

被梦想追杀

从小,"好"是世界给我的最大压力。

从更好到最好,"好"字当头的梦想就仿佛紧追不舍的杀手,从十几岁开始追杀,至今对我仍旧没有放手。总是被梦想追杀的结果很简单,那就是早生华发的"优秀"。

原以为都是些恍如隔世的事情了,没有想到一提起竟然就脱口而出了。

我至今记得,在报考北京广播学院的那个瞬间,我竟然抱着在学通社发表的一大摞文章和一大堆在北京文艺台做的广播节目磁带进了考场,我知道考官没有时间一一细看。但我也知道,学通社的一段骄傲,一定会成为我迈入大学门槛的通行证,我所经历的那些精致往事一定会变成我和未来的接头暗号……

第一次握手

一直觉得握手是成人与成人之间的礼节,参加学通社考试的时候,我第一次和一个成年的记者老师握了手,甚至还有了些许的不好意思。那个老师是谁,我真的不记得了,但我记得那次握手,直到今天,我的经历都和那次握手有关。那天的事情激起了我从来都没有过的激动,我才知道来

高中时在学通社

我和中国传媒大学的同居女友们

在北大和我的研究生同学们

到这里，我已经不被当成孩子，而是成人了……

潘家园

那时的北京青年报社在潘家园。周末，我放了学，坐52路公共汽车在潘家园下车，得走上十几分钟才到北京青年报社，学通社的正式社员都有一个"记者证"，上面盖着北京青年报社的大红印章，除了证件下面大写"XTS"三个印金字母外，和北京青年报正式记者的一模一样，我们一般都是用手遮着下半截的"XTS"出示证件。那个时候，当个记者，当个北京青年报社的记者几乎是很多中学生共有的梦想。

每到周末，北京青年报社三楼的会议室就挤满中学生模样的人，周六下午有的学校还是要上课的，有学生甚至逃了下午的课来这里开例会，报选题，像一个真记者似的张扬着自己。记得那个时候，我最喜欢的就是北京青年报社300字的稿纸，一篇文章要用好多张才能写完，显得特别有成就感，尤其用这样的信纸写语文老师留的作业的时候。

把自己推向前台

我至今都不知道，那是我们做成的一件大事，还是我们闯下的一场大祸？

几个中学生竟然在中山公园的音乐堂举办了一场大型的演唱会，完全是社会化的操作。当时我们的组委会位于张自忠路段其瑞执政府的旧址，我在那里做了长达一个暑假的宣传和公关工作。那是个老式的大院子，蚊子特别多，我们身上蚊子包都要以数十计算。筹备过程中，我们每天都会接到200多个中学生打来的热线电话，忙得不可开交。几个人的团队，用性别分派工作，男生在外面拉赞助，联系场地；女生在组委会里面做宣传，大家做得热火朝天、兴致勃勃，到了晚上，兴奋的根本睡不着觉。演出那天，因为宣传册上的乐队很多都缺席，结束的时候，愤怒的学生观众将矿泉水的瓶子仍向舞台，并围堵在音乐堂的门口要退票，要说法。

当晚工作人员都是统一的"比利牛仔"T恤衫，男生是绿色的，女生是粉色的。当晚，时髦的品牌衣服成了众矢之的，观众只要看见穿"比利"

衣服的人就用水瓶子砸……为了保护女生，男生们用仅有的几件普通外套给女生套上，我记得当时分得了一件摄像的坎肩，套在T恤的外面，将短的袖子窝进肩膀，扣紧了领口，在脱了背心、赤膊的男生掩护下以"观众"的身份撤离了现场。黑漆漆的中山公园在夜晚显得特别恐怖，我们在夜色的掩护下仓皇逃离了现场，因为那个时候大家都没有手机，也不知道留守的勇士遭到了怎样的厄运。我和一个女生，还有晚会的女主持——当时外交学院的肖玎姐姐逃到了活动主办者张宇成家里，三个人挤在宇成姐姐的床上共同为现场的"勇士"们祈祷……

那是我参加学通社第一个大型活动，确切的说，参加活动是我入社的实习考试，也是我平生参加的最刺激的一个活动，那是我第一次夜不归宿。我深深为这样的刺激、这样的精彩吸引……

后来的总结会上，宇成、王欣他们遭到了学通社的处分。记得那天北京青年报的领导都来了，来摆平孩子们做的"大事"。我至今都记得大家那虽败尤荣、敢做敢当的仗义——那是我高一的暑假。

开学上高二了，我同时成为学通社正式的一员，有了自己的记者证，天天下了课去采访。为了使自己像一个真正的记者，我都不背双肩背的学生包。晚上回家，先写作业后写稿子，写不完就熬夜。唯一不敢放松的是学校的成绩，成绩不好的社员会被没收记者证，取消资格，16岁的我过的就是这样的"半工半读"、精彩又紧张的生活。

殊途同归

我们十一届正式的社员不过30个人，辅导老师叫刘昱，他身高应该在一米九以上。他给我们最安慰的话就是"天塌下来有刘昱接着！"我们在心理上特别依赖他，不仅因为他个子高，更因为他经常一语中的指点我们当时全然不知的幼稚。记得我在学通社发表的第一篇文章就在那场活动逃跑的路上，刘昱老师指点的选题，他说："每个人第一篇文章都很重要……"剩下的话我真的记不得了，但是我知道我那篇观察北京冷饮市场的文字《独钓"和路雪"》发表的时候，是刘昱用最灿烂的笑脸告诉我的，那张报纸我从报社拿了20份回家，还故意装成无所谓的样子，但那时我兴奋得真想跳起来，跳得比刘昱老师还高！

我很想念学通社里的师长，想念他曾经给一个少年的鼓励。

学通社那些熟悉的名字经常在一些不经意的场合被人不经意的说起，也经常在某一个工作的瞬间意外的相遇，彼此当了彼此的观众或读者，才忽然觉察、惊讶，原来真的是那个十几岁时一起张狂过的伙伴，这就传说中的"殊途同归"吧！

现在想想，在那个太容易迷失方向的年龄，学通社给了我一个"太明确"的指向，甚至让我对未来有了些许的轻狂，因为学通社让我见识了校园里面没有的人和事，这段中学时代的"课外活动"竟然成就了我一生的事业，更重要的是给了我们当时缺失的那种关于勇敢、关于独立的教育。当我的同班同学在为未来的选择迷茫的时候，我在志愿表上毫不犹豫地填满了与媒体相关的专业，在那个瞬间，我是幸福而充实的，因为我明确知道自己爱什么，想什么，要什么……

学通社也给我的十几岁加上了理性的思考，使我早熟，使我稳重。在大学的四年，我恪守着校园的规矩，过着比中学时还"老实"的生活。学通社的经历点燃我激情的同时却也让我更塌实了，我知道了我所选择的事业中必然的艰辛，我也知道我得为它准备点什么。

直到今天，当我为了事业而焦虑、急噪、迷茫、不知所措，累得筋疲力尽的时候，我会忽然想起我们的"青春星期刊"，想起我们的《中学生时事报》，想起我们在北京文艺广播FM87.6的节目《青青校园》，想起我们的专栏"手写我心"，想起我们的晚会"把自己推向前台"，想起用钢笔在北京青年报300字标准的稿纸写的那些文章。那是个以成年人的方式度过的十几岁，那段开始被梦想追杀的激进又青涩的岁月……

将日子过成段子

　　《艺术人生》是电视圈子内有名的"夜总会",就是天天夜里总开会的意思。会议不同于一般国营单位的"例会",节目核心的问题都得在会议上解决,再说人一多,头脑激荡,互相刺激和启发,再加上争论、抬杠,节目的创意就是这样"创"出来的。开会可以会友,以前耳闻过的人都可以以会议的名义将其骗来,剥削其才智后再释放,以制片人阿峥为首的一群未婚游民就这样天天的"开会",因此除了精彩的节目之外也留下了很多的笑谈。

　　"吃"是开会一个重要的环节,我们相信胃肠的蠕动能促进大脑的反应。虽然没有什么珍馐美味的大餐,但大家依然能将快餐吃出花样。每天晚饭时间,送外卖的小伙子是我们这里的常客,千篇一律的汉堡吃得索然无味,于是什么"干妈,干爹"的酱就是最好的作料。有一天,一个做健康节目的策划应邀出席,看见大家快餐就辣酱吃的这么香,不由担忧了起来,讲了好几篇饮食健康的例子,个个骇人听闻,说我们天天费脑子吃垃圾食品,等于浪费生命,还谈什么人生?说得痛心疾首。再看看与会人员发绿的容颜,大家不由伤感了一番,反思多久多久没有吃过家里的营养餐。办公室的剧务看在眼里,急在心里。第二天的会上,大家正开着,剧务端上了一盘子绿油油的黄瓜和红通通的西红柿,还兴奋地说:"我妈早市买的,保证新鲜健康！"大家感动得热泪盈眶。

朱军开会的时候最喜欢吃辣的。有个同事从贵州带回来一种物美价廉的零食叫"鸡枞菌"，包装非常的简陋，简易的小口袋里面三三两两的几根"黄花"似的东西，被一层辣椒油沁着。吃的时候要用牙将袋撕开，咂摸着滋味吃。这样的吃法特别不登大雅之堂，属于小脏孩儿的吃法。一开始大家都不好意思下手，朱军的模范带头作用在这样的时候发挥得淋漓尽致。裂开了一袋之后，香味随之飘散满屋，不少人开始咽唾沫，最先绷不住的就是坐在朱军边上的人，最后的结果

永远在开会，永远在修改

就是满桌子的著名学者、专家和教授一人托着一袋油脂抹花的"鸡枞菌"。节目的灵感也经常因为这辣味的刺激而生发出来，后来从家里带"鸡枞菌"成了这位同事的义务，大家都升华地说这里面有"人生的味儿"。

开会还有一个特点就是与会人员"近亲"多，广播学院、电影学院对电视界常年的"人才批发制度"导致了这样的后果。《艺术人生》的会经常是个老友相逢，同学聚会的场所。

与会的策划们还有一个共同的特征，基本上做的事情与实际的年龄相差很远，《艺术人生》办公室的墙上都有一个写满了人名的"黑名单"，凡是在这里开会的人都是榜上有名，名单就是"夜总会"里面的会员卡，基

本上在名字上又划勾、又划点的都是这样的"VIP"。说起这些人，都是圈子里外的著名嘴力劳动者，他们几乎从来不出镜，甚至在节目的片尾字幕中也都是仅留下"阿三"、"阿四"的代号。我们从来没有直言的恭维过这些策划会上"VIP"，他们经常来去匆忙，但是他们的智慧和精神其实正在悄悄"和平演变"着我们的屏幕。鲁迅说过句什么来着"吃的是什么，挤出来的又是什么……"太高尚，不敢套在自己身上，但也总觉得那个在电视圈流传甚广的段子说到心里了：起的比鸡早，吃的比猪差，干的比驴累，挣得比民工少，回来的比小姐晚，看着比谁都好……

这个段子，肯定是在某个策划会上"出品"的……

2003年"非典"时候，室内聚集的人数有严格的规定，但是节目照旧，就得继续"开会"。我们去了一次香山，费了半天的劲儿上了半山腰，找了一个古香古色的茶楼，消费了昂贵的一桌茶水不说，激烈的高谈阔论以及此起彼伏的手机铃声又遭到了其他客人的一致白眼。

茶楼下午四点半关门，游人几乎都在下山的路上，忙惯了的我们才知道原来有四点半就下班的工作，惊讶与羡慕之余，也愉快地跟着"早退"了一回。那天，大部分人都没有直接回家，而是以职务之便游山玩水。因为大家发现，久居北京的青年导演们竟然有人没去过香山。就我嚷嚷着来过，仔细一想，还是小学五年级春游时的事情了。

这么一趟"劳民伤财"又没有效率的折腾之后，急坏了阿峥，节目要想照常播出，这会就还得开。幸好晚上回家，阿峥的妈妈提供了重要的线索，中央电视台旁边的八一湖公园还有可以聚众开会的场所。

于是，著名的"八一湖"会议召开了。

早上遛弯的老人都知道，在公园进门不远处有一个简陋的茶棚子，就是几个简易的阳伞支上几个圆桌，喝的是一般的茶叶，用的是一次性的纸杯，吹着天然的"空调"，树上的叶子随时会掉在杯子里，还可以自带一些简单的糖果。看到这些我们就像是春游的孩子一样兴奋。会就在那里开了，个个才思泉涌，滔滔不绝。我们的边上就是以各种姿态遛弯锻炼的人，拿的家伙特全，什么跳绳、羽毛球、空竹，牵着各种狗，大家互相看着都觉得挺奇怪的，但是互不影响。

那段时间，从来没有这样"渴望"开会，连着两个月天天进公园，基本上把前半生的遗憾全弥补了，甚至有了退休后才有的惬意。这个公园极少接待这样成群的青壮年，而这群青壮年对公园的印象还停留在童年的记忆中，看见绿色，来点微风就开始抒情，引得伙计疑惑地说:"你们真没来过?"将近两个月的时间，几乎每个下午，我们都花上两元门票，约上一群策划在那里消费一壶"高达"50元的茶水，看茶棚的老板几乎从来没有接待过这样"高消费"的团体,热情的不得了,还说让我们明天一人交一张相片,帮忙给每人办个公园月票，天天买票实在不值。

这样的消息不胫而走。改天再来，发现前面的一桌是《新闻调查》的，后面一桌是《开心辞典》的，大家还互相致意。走的时候，老板问:"你们明天还来吗? 得预约一下，明天有个节目组的人定了好几桌呢，说要研讨一下半年来的节目。"

《艺术人生》非典期间的节目《毕淑敏专辑》、《陈坤专辑》、特别节目《我的DV生活》皆是在这里的会议上得到了灵感。为了纪念"八一湖会议"，最后一天开会的时候，阿峥赠送了与会人员一人一个呼啦圈。

"非典"一过，呼啦圈就找不着了，但"夜总会"还是照旧，只不过鸟枪换炮了。没了我们这群特殊的游客，八一湖怕要寂寞些了……

非常有型

电视台的女导演共同特点:

背大包。里面装满了"半边天",东西全乎的可以随时逃跑或野外生存。死沉死沉的,从来不用男士帮着背,里面什么都可以找到,偶然可以找到家里丢失许久的电视遥控器,也有可能在找名片时,不小心带出一个护垫。

8厘米以上的高跟鞋。不畏艰险在演播室穿着上蹿下跳,熟练地避开台前幕后的障碍物,以"迅雷不及掩耳盗铃"之势窜上舞台示范,全然不顾周围多少人看着你,一脸的忘我。

极其有娱乐精神。拿自己丈夫或男友甚至前夫、前男友的指责作为自嘲的素材,大言不惭地说自己做饭如何难吃,攀比家里有多乱,多会乱花钱,说得声情并茂,把自己讽刺得人仰马翻,还调动大家攻击自己,很有娱乐精神。

用词极端。日日处在水深火热之中,求助时常用:我已走投无路,倾家荡产,眼看天翻地覆,在我万念俱灰、准备撒手人寰、遗臭万年的时候,您能不能大发慈悲,救苦救难……一个衣着光鲜的美女导演对你声情并茂的这么说,不帮帮忙您心里过意得去吗?

上学时都是好学生,至少语文好,有点乖张和叛逆,除了两点一线的上课,一定还干过别的。

都不算太难看，经常有大美女，因为在艺考时有面试一关，长得太丑的一般都被男老师 PASS 掉了。

能说，滔滔不觉，咄咄逼人，在语言上绝不输人。经常出口成章，过目成诵，经常说的自己心潮澎湃，激动得热泪盈眶。

能写，写日记，博客，微薄，什么都写，写完了自己欣赏阅读再自己批判。

善于比喻，描述生动。觉得自己像 iPhone 手机，外观美，功能多但很多没用，操作复杂，坏了不用修，关了再开就可以，待机时间短。

喜欢自己开车，觉得司机麻烦，从幼儿园毕业后就不喜欢被接送。

爱美，多忙，脸色多差，衣着都不会含糊。

瘦的，因为没有时间胖；胖的，因为没有时间减肥。

遇事爱张罗，别管是不是自己的主场，都喜欢帮忙但不添乱。

仗义，爱买单，觉得买单有点光荣，占便宜丢人现眼。

喜欢喝咖啡，绝不喝速溶的，在咖啡厅工作的效率是办公室的 2 倍，不是小资。在办公室，唯一做的公益服务就是煮咖啡。

非常容易满足，忙里偷闲趁着商场还没有关门的最后半小时，胡乱买一件衣服就觉得自己被自己宠爱了。

上得厅堂，下得机房。不怕出事，就怕事太小解决完了显示不出自己的能耐。

勇敢，基本上不当人面哭，一般都在成功时哭，失败时笑。

偶尔喜欢吼叫，发飙。之后，道歉承认错误时候特别不给自己留面子，请客赔偿大家精神的损失。

外号是"妈，奶奶或姑奶奶"，反正比一般人至少大一辈，最次也是大姐。

要不把老公男友发展成剧务天天伺候全组成员，要不只字不提装神秘。

善变，不在乎推翻自己，不死扛，变通，刚刚炫耀的东西，一会儿可以自我批评得一无是处，所以电视台虽然女性导演占大多数，但是台长一般都是男的。

胆子大，不怕黑，除了播出事故，世界上就没有什么事故能吓到她。

"二"，可以大言不惭自我贬低之后，问出一些让对方无法不回答的问题，不知趣等着对方的回答，对方不答，还上赶着问，与商务女性正好相反。

焦虑，一着急就焦虑，一焦虑就找一个人折磨一下，经常是男性手下。

现场易碎　　　　　　　　　　　　　　180

诉说狂，遇到事的瞬间就要找人诉说，首选女闺蜜，次选男闺蜜。说起来口吐莲花，生龙活虎，一点不像刚刚被打击，一般人绝插不上话。

找不到活人就打电话煲粥，是中国移动、联通、电信的金卡用户。

想套瓷就叫"姐"，前面不加姓，加名字的一个字，例如，马宁，不叫马姐，这么叫像叫小时工，叫宁姐，不为别的，当姐有责任感，又显得不是外人。

幽默，识逗，善意的玩笑绝对接得住，恶意的玩笑绝对回击，基本上怎么上台的怎么下去，也给别人留余地。

不土，时髦，非常有型。

舍得花钱，虚荣心强烈，欣赏李白的"千金散尽还复来"。

即使酒量不行，酒胆一般不差。

记性好，但不记仇。

孝顺父母，挣钱养家，处理生老病死等家事的能力比儿子强。

撞车了找122，生病了找999，遇到色狼了找110，着火了找119，总之，最后事摆平了再打给男朋友。

包容开放，从不批评80后、90后。不歧视比自己大的，不欺负比自己小的。

宽容，大度，对事不对人，就算被气得半死，也能马上起死回生。

不哭，是为了怕睫毛膏弄花眼睛。

单纯但不"甲醇（假纯）"。

能主动骂人，也能主动道歉，伸缩自如。是自己错了，一点不给自己留面子，认真反省；要是自己对了，也要逼着你反省。

喜欢被表扬、夸奖、赞美，没人表扬时就自我表扬。

有传统美德，但不轻易展现。

忍耐力永远超过想象，坚韧不拔，易弯曲，但不易折断。

关键时候绝不掉链子，革命不输江姐、刘胡兰，是劳动模范、"三八红旗手"、社会主义建设时期不可或缺的积极分子，是优秀共产党员，可以感动中国。

爱国，爱社会，爱电视台，爱节目组，爱较真，爱看片尾字幕。

当人生只能保留一个优点时，那就是善良呗……

我们错过了什么

假如我有一个更大的现场，可以装得下世界，山水都是可以做客讲述的嘉宾，我该问他们什么？

当天空放晴，让现场的眼睛鸟瞰这个世界，才觉得那些才情不过是沧海一粟，我们要窥见人心，也要放眼世界。

尽管我们已经非常努力，但是，我们依旧错过了太多风景，我们错过了什么？

其实，蓝天白云是全世界都共享的财产，为什么我们要飞往地球的另外一边，去观看一模一样的东西？

瑞士的"雪朗峰"是被中文翻译出的好名字，其实雪朗峰就是山，白云和蓝天，还有寒冷而爽怡的空气，四件全世界随处可见的事物，放在一个干净的国度，就组成了风景。

雪朗峰是一座低调的山，雪是自然给她的素装，是瑞士这个富裕的国度供养出的优雅女人，淡然地面对全世界的赞美。她没有浪漫而冗长的传说，也没有惊世骇俗的典故，甚至没有年复一年的历史积淀，简单得如一件优雅的白衬衣，素颜，微笑，微微的冷，没有多余的寒暄，静静地立于瑞士。雪朗峰也许自己都会奇怪，为什么人们对她趋之若鹜？也许正是她的朴素低调，也许就是这个世界太少纯净，太少原色的蓝天、白云、山峦和爽怡

的风。因此，她就成了世界上少有的风景。

雪朗峰是周到的，热咖啡和刚出炉的面包散发着尘世间的香气，我看不懂包装上面德语的注解，"不懂"更使每个字母都显得那么神秘，就在这种稍显神秘的氛围里呆坐一个上午，真有点身处玄妙蛮荒的无知年代。

同事发来信息问我在哪里？

我说在喝咖啡。同事又问，在哪里喝？

我说我在瑞士，在远离现场的另一个人间。

于是，我被焦虑的同事羡慕妒忌恨。

想想多少次，我焦虑地向人求助，那边传来慵懒的答案，在某某山上，某某水上。我以另一个时空打来电话，因为被拒绝而备感失落，其实人间有很多的"世界"，我们都错过了另外一个。

到了巴黎，第一个印象就是在巴黎几乎没有工地，老城区最新的楼是千禧年盖的，他们傲慢的和世界各地的人只讲法语。

想想明天要像一个旅客一样，看看埃菲尔铁塔、卢浮宫和香榭丽舍，巴黎立即失去了它的神秘。巴黎乃至欧洲已经失去了它们作为别人梦想的资格，变成了一种例行公事。导游说，开了30年小中餐馆的老板身价早已过亿，我却见到的还是那个中年发福的男人，抽着烟，带着乡音。我猜巴黎是一个把理想变成现实的城市，看见它的第一眼就已经感受到了。

路过一个普通的城市隧道，导游用八卦的口吻让我们看里面的第13根柱子，当年戴安娜的奔驰就是以196迈的速度撞在上面，导致了她魂归天涯。今天这黑洞洞的隧道像极了一个富有寓意的风景，它是所有人，不论贵贱，通向彼岸的一个入口。但匆忙的旅行中，没有人唏嘘感叹，戴安娜的生死与他们何干？仅仅是为了目睹一下，成为哪天酒桌上一个有风味的谈资：关于一座著名的城市和一个著名美人的死亡。

另一个关于美人的死亡也是来自巴黎。法国大革命斩首末代皇族，三千人在广场上被集体杀头，皇后盛装上断头台，不小心踩了士兵的脚，说："对不起，我不是故意的，"这是末代皇后的遗言，哪怕是这样离奇的法式傲慢，也往往会被长途跋涉的疲惫瞬间消蚀，对于需要继续行走的人们而言，也许中国餐馆里的红烧肉更有嚼头。

同一趟旅途，每人记住的其实都不一样。看见风景就是把梦想变成观点的过程，要从中经过精致的提炼，才可以找到自己前来的缘由。就像是传说中的巴黎，这里的每一个建筑都是耳熟能详，到达之后才发现，整座城市洗尽铅华，还留着古典的味道。听过了那么多关于巴黎的传说，觉得文字的描述和别人的见闻实在代表不了一种游览的心情。其实世界上繁华太多，就算是一出生就出发也定有没有见过的风景，看不到又有何遗憾？本来我们看到的只能是沧海一粟。

在卢浮宫，我们像列强当年抢夺宝物一般用相机不求甚解复制它的身影，蒙娜丽莎是被保护在防弹玻璃里的，与世隔绝地面对全世界的闪光灯。我们也不免流俗，在拥挤的人群与遥远的蒙娜丽莎合影，回看照片，我们被拥挤的脸显得更加的世俗，映衬了蒙娜丽莎的优雅和平静，世间的人反

成了蒙娜丽莎的陪衬,我不免窃想:什么时候我才能是那个被防弹玻璃罩着的美人?

经过比利时的高速公路,到处都是通亮的路灯,一条广告随处可见,大声读出,其实更像一句豪放的口号:分享我们的能源!

比利时是世界电力最充足的国家,充足到他们的每条高速公路都灯火通明。等到路灯一消失,灯火不见了,就知道,已经离开了比利时,进入了另外一个国家。

就好像光明或者黑暗皆是人为控制,我们旅程的快慢也是如此,没有通关的手续就只能步步审批。其实任何界限都是人工的,人为的繁复它,也人为的神圣它,我们很难离开地球,很难离开自己的想法,人与人的差异其实就是想法的差异吧。

荷兰,一个活在当下的国家,居住着一群离天空最近的人。

荷兰是一个很平和开放的国家,阿姆斯特丹就是它的典型代表,在边境小旅店的前台,荷兰姑娘在分发房卡时爽朗的笑声足以说明。

运河穿过,船坞随意的搭建,仿佛威尼斯水乡;歪斜密集的楼,像站在一起拥搂着的熟人,很亲热;公开的红灯区和大麻蛋糕,6点就关门谢客的商店,弥漫着自然,也流淌着肉感。不仰视奢华,也不小看平常,不喧闹也不故作绅士;阿姆斯特丹既不炫耀三百年前的霸气,也不虚妄天天憧憬未来,随时享受当下,张开双手就拥抱。红灯区是欲望的体验,也是外国游人观光的场所,没有什么讳莫如深的话题,也没有关于人生的伟大意义,活在当下,今天下班之后的晚餐和约会就是人生极致的快乐。

没有标志性建筑,整座城市说风景就是风景,说生活就是生活,没有诸如凯旋门、卢浮宫等必须到此一游的场地。一个富庶过,称霸过,挣扎过,而终于平和了的城市,想开了,看淡了,一切历史和财富如过眼云烟,让啤酒、欲望成为生活的主题,随时满足,随时产生,一种与东方价值观迥异,却更接近人性的活法在此泛滥。

荷兰,不是我们想八卦就八卦得了的,因为这些话题,在这里都早已成为了生活的一部分。

归程,我们错过了什么?

旅程的最后,我非要退回TAX FREE的一百欧元是以中国人思维和德国人赌一把。

终于在法兰克福机场一个遥远的角落找到了 CASH RETURN 的小窗口，我奔跑而去，排队排在了第二位，退现金的德国姑娘微笑着指出我的记账单据中没有签名，从窗口递出来，之后微笑等待我茫然处理自己的单据，丝毫不介意外面长长的队伍和焦急的表情。当我终于办完了手续，以冲刺的速度气喘吁吁地跑回登机口时，才体会到法兰克福机场其实也真不小。一个大的航站楼主要有两个作用，一个是很有面子，第二个就是从一个地方走到另外一个地方实在太遥远了，让远走的人有充分的时间想想自己还要留恋什么。

很久没有健身和跑步的我，好不容易在各种箭头的指挥下走到了安检口，却发现，不急不慢的欧洲人排起了悠闲的长队，工作人员的耐心和细致实在是让人钦佩，但是效率也实在不敢恭维。这时，我摒弃了自己的礼貌和希望遵守制度的心态，钻过警戒线直接跑到了队首，用着急的英语和恪尽职守的德国管理员诉说我的着急，其实我的表情比我的表达可能更加奏效，管理员要我问问身后的那些绅士和女士是否同意我加塞，后面的人仍旧微笑地看着我。那时，我是需要一张厚脸皮的，揣着明白装糊涂吧。我迅速地脱下外衣，摘下手表和身上一些金属零件，以最快的速度冲过了安检，我尽量保持微笑，尽量使自己的动作快一拍，冲过安检时离飞机关门已经所剩不多的时间了，我飞奔过去。坐到飞机上时，机长已经开始广播，我知道严谨的德国人已经让我们另外两个没有及时赶到的同伴改签了，而我坐在狭窄的座位上，回想着刚才的一幕幕，努力回忆自己是否做出有损中国人形象的行为和有失礼仪的举动，仔细想想，似乎没有，唯有的就是着急。

我们给自己在一定时间内安排了太多太密集的事，每件事的对方都是与我有着截然不同思维的外国人，机场的摆设大同小异，不同的是人的思维方式。假如你认为是欧洲人成心耽误时间那就大错特错了，"悠闲"已经不是一种享受，而是一种生活方式，为什么要那么着急？事情都是一件件做出来的，单据就是要认真地填写。这是一个高速发展中国家青年人费解的状态。我们与这个世界的差异不是距离和金钱的差异，而是看待事情的方式，我用超速度战胜了德国人设置的障碍，也给他们留下了匆忙的中国人的印象。

我是快的,什么都快人一步,但是却发现,自己似乎已经忘却了悠闲为何物?谁知道我可能错过了什么,我在嘲笑没有赶上飞机的同伴,而他们拥有了三个小时的悠闲时光,可以在法兰克福机场买一个纪念品纪念自己的耽误,那是心态的纪念品。人生有一次在异国他乡误机的经历多有趣啊!

而我继续在飞机上,飞速看完了所有的报纸和书籍,飞速吃完了飞机餐,九个小时之后,我匆匆的欧洲之旅终于在中国首都机场戛然而止。

我恍如隔世般地坐在出租车上瞅着北京三环路发呆:但愿,我真的没有错过什么吧?

回来了,好像哪里都没有去过

我没有时差,我有自己的生物钟。

回来之后,应了我的预测,看看买回来的东西,一切纪念品都变成了庸常的小商品,上面并没有承载一种纪念,也不经典,不久之后就会将其束之高阁。一个物件得有它的意义和承载,仅仅记住一个地点,是没有用处的。

再看看照片，忽略了背景的著名建筑，仅仅存留的是自己的笑容，其实这样的笑容随时可以在镜子中见到。由此想到匆匆的行程，没有记忆中的惊喜，无非是留下一个虚荣的记忆，仅仅到此一游。也许以后，我再不做张扬而匆匆的旅行者了。

有人周游世界，以动荡的脚步去印证那时那地的梦幻与传说；有人一生执著于一处居所，体会此时此处的每一次花开草长。人生其实是一场深度游，要付出时间和经过挫折才能得到见识和领悟。

在路上，并不重要，重要的是将要落脚何方？

又开始工作了……

哪里是我的现实，哪里是我的现场？

跋：一人一世界

一树一菩提，一花一世界。人要多宽容与智慧，才能懂得别人眼光中，看到的是全然不同的世界？一个人的美好，也许是另一个人的悲伤，抑或是第三个人的无所谓。我们寻找认同，其实，享受和在意的是自己的那一个世界。

原以为很多事情都会有一个充满仪式的行为，那些在文学和影视中都被描绘成一生一次的记忆，到了要发生的刹那都成了顺其自然的过程，遗憾的理由经常非常的客观，无法抗拒地接受了之后才发现，有无仪式都无妨，它已经成为生命中一个重要的节点。所谓那个重要的点，经常是在回忆中被强化突出，真正发生的瞬间，根本感觉不到它的存在。自己扼腕痛惜的时候，在他人的世界中也许就是一个笑场，温情和残酷都是一笑而过，犹如一场婚宴，在客人的眼中，不是天长地久，更多的是一桌祝福的酒菜，而且不甚美味。

有多少次，自己在一个筋疲力尽的现场焦虑与崩溃、遗憾和辛苦。很多很多年才突然发现，记忆经不起时间的考验，岁月一旦久远，那些曾经磨砺自己的遭遇洗尽了铅华，却成就了一段段佳话，而那些美丽的瞬间，便早已随风而逝了。

多少次在节目中，顺境的故事是一个轻描淡写的过场片花，而逆境的故事却是坚忍不拔的励志桥段,赢得满场的叫好和掌声,犹如丹田的一口气,飚到了 HI-C,唱出了人生的巅峰华彩。有时我常常想,是否历经磨砺多多,才有生命升华迸发的一刻?患得患失的计较,永远得不到人生的真谛。

2010年,《艺术人生》十年,制作特别节目的时候,满地堆着磁带。每当回放一段画面,都会引来众人的围观,镜头内是青涩质朴的脸,镜头边缘偶然划过自己的侧脸,像是见了久违的"熟人",自己真的成了历史的细节,构建在别人的记忆中,犹如一场穿越,看见时空隧道里徘徊着的自己。

拿着磁带,自己在磁带标签上龙飞凤舞的签名,竟然记得当时匆匆忙忙赶着播出的细节,那是曾经认真和努力的证据。有一次,编导请我看一期节目的花絮,里面是我们乱做一团的现场,播出时剪去的那些慌乱的现场,今天却成了最珍贵的画面,那些当年的边角废料,今天却成了华彩和桥段。我们将这些素材重新编辑在一起,成就了一期别样精彩而感动的节目。

忽然想起小时候最喜欢的动画片《花仙子》,花仙子小蓓在世界各地寻找七色花,每到一处就会尽自己所能帮助一个有困难的人,跟随着她的王子会送一包花籽给这个被帮助的人,而这包花籽又被得到帮助的人邮寄到了花仙子小蓓的家里,小蓓的爷爷奶奶就将寄来的花籽种植在一起。很多年后,寻不到七色花的小蓓绝望沮丧地回到家里,一阵龙卷风之后,发现七色花竟然盛开在自己的家园……也许需要经过一个过程,再回到起点,才发现我们想寻找的东西,就在我们自己的后花园。

如果说人生有因果报应,我想现实就是现场的"报应"吧,现场的诚意赢得了现实的绚烂,那些弥散在现场的碎片在现实中重新组接,组成了新的世界。我想我唯一的幸运就是永远不会孤独,因为在我们脑海的现场里,总有繁花,一直盛开,生生不息。

一人一个世界,一人一个现场,一人一种现实。不过度地相信自己,不轻易地否定别人,这就是宽容的智慧,在接受彼此的不同之中,创建一个属于我们的新世界。

那天朋友朱冰对我说,要不你也写本书吧,我以为她说着玩呢,没想到当天就定了下来,之后我在不到二个月的时间里写了12万字,每天晚上,就像是课业负担重的中学生,写啊写,写到自己高兴得不想睡觉,把自己写到了另外一个世界中,在这个世界中,易碎的现场拼接成了人生中独到

的精神。

谢谢中央电视台，这里是一个宽容的地方，等我成长，给我挑战，让我品尝了职业生涯的荣耀，也磨练了我的意志，让我用自己的经历读懂了坚强和勇敢的涵义。

谢谢我的母校中国传媒大学，我还是喜欢叫她"广院"，那是一个好学校，是此文字的起点，化解了我对未来的担忧，教给了我战胜困难的智慧，给予我面对未来的自信和勇气。

谢谢北京大学，在那里我修完的不仅仅是一个更高的学历，更是完成了一个曾经的梦想。

谢谢我的单位中国戏曲学院，让我拥有了为人师表的经历，备份了人生最美好的时光，以老师这个新的身份与人相处。

谢谢我的父母，家人和爱人，你们包容了我所有的折腾和粗心，这不仅是理解，而是宠爱。这也是我送给远方家人的一份新年礼物。

谢谢我遇到的每一个良师益友，谢谢十年来我们朝夕相处的所有领导同事和朋友，省略名字却省略不了我心中的感激……一位老艺术家曾经告诉我，不打扰就是尊重，我不敢在文字中造次和炫耀，不敢再用他们的成就和光环装点我的文字，只有默默的祝福和感谢。

谢谢中国传媒大学朱冰老师和人民日报出版社编辑廖祎蕾等，谢谢于丹老师的序，谢谢你们的帮助。

谢谢那个真实的现场。

马　宁
2010 年 12 月 16 于北京